DÉJÀ VU

Kristoffer CRUZ Andersson

Förlag: BoD - Books on Demand, Stockholm, Sverige
Tryck: BoD - Books on Demand, Norderstedt, Tyskland
ISBN: 978-91-7699-123-7

Må din pengatörst bliva blodstörst.
Må det blodet bli ditt arv, Benedict.

~ETT~

TILL MORGONKAFFET läste Kommissarie John Lucas Jr. i vanlig ordning tidningen. Åtminstone i den mån tid för det fanns men på senaste hade det varit ovanligt lugnt på kontoret. I ett lugnt tempo varvade han bladvändandet med små sippar ur den rykande koppen. Telefonen var alltjämt tyst.

Hur länge sedan var det? Två veckor? Kanske mer? Det senaste mordet hade varit avklarat sedan länge. Han lade ifrån sig tidningen och lutade sig tillbaka i kontorsstolen. För Johns del behövde inget samtal komma. Han var nöjd som det var.

Fyra veckor. Endast fyra veckor kvar. Sedan skulle denne, en gång rödhårige, vältränade och ståtlige men nu slitne och trötte Kommissarie få sin efterlängtade pension. Han log när han tänkte på det. Föreställde sig själv där vid huset. Hur han ägnade tiden till att renovera sin motorcykel. Sin stora passion i livet. Hur han sedan lät vinden vina genom det gråa skägget medan han gled fram längst vägarna på landet.

Medan han satt där och drömde om pension, motorcyklar och öppna landskap såg han dem gå förbi utanför kontorsfönstret. De är väl uttråkade, tänkte han och rätade på sig lagom tills de nådde hans öppna dörr.

"God morgon Junior" sa Inspektör Billy Henderson och log. Alla visste att namnet Junior inte alltid föll Kommissarien i smaken. "Hur står det till?"

John nickade lätt och drack ur det sista ur koppen.

7

Medan Billy slog sig ner i den bruna skinnsoffan hälsade även Inspektör Chelsea Summers men med en mer formell mening. "God morgon Kommissarien." Hon valde att stå kvar och luta sig mot dörrkarmen då Johns rum var så pass litet till ytan att de ändå kunde tala i normal ton. "Något nytt?" John skakade på huvudet. Chelsea suckade medan Billy ryckte lätt på axlarna.

"Ja vad ska man säga?" Billy log och lade den bruna hatten framför sig bland papperna på det stökiga bordet. "Är det ingen som vill mörda så."

John studerade en stund sina undersåtar. Den vackra Chelsea som ingen i hela världen kunde förstå varför hon valt detta yrke? Men duktig var hon. Inte bara attraktiv utan smart också. Det blonda håret var idag utsläppt och vilade över hennes axlar. Det vackra ansiktet, lagom runda rosiga kinderna. Det varma leende som visade de vitaste tänder som John någonsin sett. Men samtidigt, kom han på sig själv, hon kunde vara hans dotter.

"Hur går det för er då?"

Billy lutade sig tillbaka i soffan och ryckte åter på axlarna.

"Vi väntar på några provsvar från tekniska."

"Från Carla Roberts-fallet?" Ett brutalt och omskrivet mord som gäckat John under de sex år som det förefallit ouppklarat.

"Ja" fyllde Chelsea i. "Men vi tror inte att det ska föra oss vidare." Hon hostade lätt och försökte dölja sin förkylning i armvecket. "Ursäkta. Men med lite tur så kan vi ha löst frågan om varför hon befann sig på hotellet den natten."

"Enligt ett gammalt rykte…" fyllde Billy i då Chelsea åter dolde ansiktet bakom armbågen i en ny hostattack. "… så ska hon ha haft en affär med en man vid namn Nick Cole."

"Och de ska ha setts på hotellet?" frågade John.

Billy skakade på huvudet. Chelsea harklade sig.

"Nej" sa hon. "Men hotellrummet var bokat i Coles namn."

"Dock så dök Cole aldrig upp." fortsatte Billy.

John kliade sig i det yviga skägget och rättade sedan till den väl knutna svarta slipsen. Han hade kavlat upp ärmarna på den

8

vita skjortan och de svarta hängslena höll de mörka manchesterbyxorna på plats runt det mulliga magvalvet.

"Man förhörde aldrig denne Cole?"

"Nej" svarade Chelsea. "Ryktet uppdagades försent."

"Och nu är han död." sa Billy. "Dog för fyra år sedan i sviterna av lungödem."

John log. Men inte åt Nick Coles öde utan åt de två inspektörerna. Det var så härligt att se dem avsluta varandras meningar. Hur de verkligen funnit varandra som partners. Han hade själv handplockat dem för tre år sedan och det hade klickat för gruppen omgående. På tal om rykten så viskades det i korridorerna om att de var mer än enbart partners som i kollegor. Men John brydde sig inte. Så länge de skötte sig på arbetet och låg lågt skulle han täcka upp för dem om situationen behövde. Dessutom hade han bara fyra veckor kvar som deras överordnad.

"Det var fan" sa han. "Fanns det andra karlar i hennes liv?"

Chelsea rykte på axlarna.

"Hon verkar ha varit ganska oskuldsfull."

Billy drog handen genom det mörka bakåtslickade svallet. I andra handen höll han de runda svarta glasögonbågarna som han alltid lät pendla mellan nästippen och handen medan han förde samtal.

"Men Cole däremot…" sa han och visslade. "Den mannen var inte enbart gift." Han nickade imponerat. "Enligt rykten var inte Roberts hans enda synder om man säger så."

John log.

"Men än så länge handlar det om rykten och spekulationer?"

Chelsea nickade.

"Jag förstår det inte." sa hon. "Cole var inte någon skönhet direkt."

Billy skrattade instämmande.

"Ändå charmade han Roberts och kanske fler kvinnor ändå?"

Hon skakade oförstående på huvudet. "Roberts var en så otroligt vacker kvinna. Och så mycket yngre. Nästan tjugo år."

Den lyckliga fan, tänkte John och knäppte händerna ovanpå magen.

9

"Pengar?"

Billy suckade.

"Nej, inte vad vi lyckats spåra."

"Okej, men ni får fortsätta på det spåret." sa John. "Och se om någon kan bekräfta att en relation fanns mellan Roberts och den där Cole."

De båda inspektörerna nickade och log sedan mot varandra. Chelsea såg sedan mot John och gav honom en fundersam blick.

"Du verkar lycklig" sa hon. "Vad döljer du?"

Även Billy stämde in i kören.

"Ja Junior", log han och blinkade åt Chelsea. "Vad är det med dig?"

John log men gav dem inget svar.

"Okej" sa Billy vidare. "Vi är utredare, vi kan nog lösa gåtan."

"Så sant" fyllde Chelsea i. "Låt se."

Billy satte handen mot hakan och gav ett fundersamt uttryck.

"Kan det vara den där damen från lokalpuben?"

John skrattade. Chelsea skakade på huvudet.

"Han har varit för feg för att ta med henne hem hittills så att han skulle ha gjort det nu?" Hon såg fundersamt på honom. "Jag vet. Det är huset?"

Billy spärrade upp ögonen.

"Nej?" Han lutade sig tillbaka i soffan och såg på den hemlighetsfulle John. "Är det sant?"

Tillslut nickade John.

"Rosendal är mitt" log han. "Eller rättare sagt, om en vecka är det mitt. Då ska hantverkarna vara klara."

Billy och Chelsea såg på varandra. Sedan på Kommissarien som med ett självbelåtet leende såg tillbaka på sina inspektörer. Billy skakade på huvudet, reste sig och sträckte ut sin hand mot John.

"Grattis din galning" log han. "Det var inte illa det."

Även Chelsea kom fram och la en hand på Johns axel.

"Ja verkligen. Grattis."

Billy slog ihop händerna i en klapp.

"Nej vet ni?" sa han och tog sin hatt. "Detta måste vi fira."

10

~TVÅ~

ROSENDAL HILL hade varit Kommissarie John Lucas Jr. ögonsten under flertalet år. Två mil utanför staden. Genom åkerlanskapet, över den breda floden och vidare mot sjön Mill Lake. Ett drömläge utmed den västra strandkanten. Det majestätiska ranchhuset reste sig mot skyn med sin ståtliga vita träfasad. Tre våningar högt och med en stor veranda vars konstsnidade stolpar bar den lika väldiga balkongen på den andra våningen. Den grusiga allén med ståtliga björkar omgiven av stora grönytor. Rosrabatter omgav husets framsida och från verandan kunde man på baksidan blicka ut över Mill Lakes vackra spegelbild. Det var vår i luften och solen värmde redan som om sommaren stod för dörren.

Flyttbilen stannade till vid framsidan. John klev ur och skådade stolt sitt nya hem. Som vanligt klädd i manchesterbyxor med hängslen över en grå skjorta. Idag hade han klätt sig mer ledigt och struntat i slipsen. Den svarta hatten hade han alltjämt på sned och små pärlor av svett hade bildats på hans panna.

Morgonen var fuktig. Solen stod högt på himlen och gav ett vackert glittrande på den stilla Mill Lakes glansiga yta. John torkade svetten ur pannan och blickade upp mot skyn.

"Vilket hus" brast Chelsea ur sig medan hon slog igen dörren till den efterföljande flyttbilen. "Helt magiskt." Hon hade tidigare bara sett Rosendal på bild. "Det är verkligen vackert, John."

11

John nickade och log. "Den är något alldeles speciellt."

"Man kan inte förstå att det stått tomt i nära fyrtio år" sa Billy som kom kånkande på en flyttlåda. Han ställde ner den, drog svetten ur pannan och såg mot de välkomnande pardörrarna vid entrén. "Här kommer en gammal pensionär trivas."

"Varför?" stönade Chelsea medan hon lyfte en av de tyngre lådorna. "Varför har det stått tomt så länge?"

Billy ryckte på axlarna och lyfte åter sin kartong. "Vet du Junior?"

Även John skakade på huvudet.

"Det kanske spökar?" log Chelsea medan hon följde efter Billy upp för den breda entrétrappan. "Bu på dig, inspektör Henderson."

"Äh, lägg av" svarade Billy. "Du skulle inte vara så stor om du var här själv en natt."

Innanför de stora pardörrarna var den väldiga hallen. Doften var unken trots att John haft hantverkarna arbetandes i två veckor före ankomsten. Men med lite vädring och med de nya blomsterarrangemang som Chelsea insisterat på att handla med sig skulle huset snart dofta av annan kaliber. En mer hemtrevlig sådan.

"Men gud" sa Chelsea när hon fick se den breda trappan till övervåningen. "Vilket hus." Hon snurrade ett varv och inspekterade hela hallen innan flyttlådan gjorde sig kännbar. "John, vart vill du ha lådorna?"

John som just kom innanför dörrarna pustade. "Ställ dem…" sa han andfått och fick ner sin flyttlåda på det gamla trägolvet. "… bara här någonstans så tar jag hand om dem senare."

"Visst Chefen" sa Billy som redan var på flyttlåda nummer två. Så tung att hans ansikte var alldeles rött av ansträngning. "Vad har du i dem?" Han ställde sin andra låda ovanpå Chelseas och andades ut. "Din stensamling?"

John log. Nej, någon stensamling ägde han inte. Men nog samlade man på sig en del under en livstid. Möblerna var redan på plats. Det hade karlarna på flyttfirman i staden sett till. Nu var endast hans personliga tillhörigheter och annat småkrafs kvar. Allt samlat i de många lådor som Billy och Chelsea helhjärtat kämpade med upp och ner för den breda entrétrappan. När alla lådor stod travade i hallen satt de sig ner för att njuta av förmiddagsfika i den värmande solen. Chelsea i sina snickarjeans och rödrutiga skjorta lät strålarna bränna mot ansiktet medan hon satt på entrétrappens lägre del. Bakåtlutad på armbågarna och blundades mot solen såg hon vackrare ut än någonsin tidigare. Hon lät de nakna fötterna leka med stenarna i gruset.

Billy hade tagit av sig hatten, dragit bak det flottiga håret och avnjöt nu skinksmörgås nummer två i skuggan under verandataket. Svettig efter allt kånkande på lådor hade han tagit av sig sin skjorta och endast ett svart linne täckte nu hans överkropp. Maskulin och vältränad med några dagars skäggstubb till den annars pryda mustaschen.

John log. Billy påminde om en ung John. Men med svart hår istället för det röda svall John haft. Och med mindre fräknar.

Själv satt han i verandans hammock. Vilade sin trötta kropp mot de mjuka dynorna medan den rykande kaffekoppen vilade i hans hand. I detta ögonblick älskade han livet. Han såg sig omkring. Sitt nya hem. Det fantastiskt vackra huset. Den underbara trädgården. Och doften och ljudet från vågorna som slog in från Mill Lake. Här skulle han komma att trivas.

"Något nytt i Roberts-fallet?" frågade han och sipprade på kaffet. "Den här...? Han?"

"Cole" svarade Billy med munnen full av skinksmörgås.

"Just" fortsatte John. "Något nytt angående deras relation?"

"Tekniska har inte återkommit med svar" ropade Chelsea från sin plats på trappen.

"Men en väninna till Roberts..." fyllde Billy i och svalde ner den sista skinkbiten. "... påstår att Roberts talat om en romans." Han sköljde ner med kaffe. "Hon ska aldrig ha nämnt personen vid namn men sagt att mannen var gift."

John satt fundersam.

"Det kan ju tyda på att det är denna Cole?"

Billy nickade.

"Hans fru flyttade ifrån staden efter begravningen. Sålde huset, bilen, hela rubbet."

Svartsjukedrama? tänkte John. Kan frun ha vetat om sin makes otrohet?

"Var finns hon idag?"

"Montgomery" svarade Chelsea som förflyttat sig till den skuggiga delen av verandan och satt nu lutad mot husväggen. "Hon ska ha gift om sig. Med en man ur adeln." Billy log. "Henne går det ingen nöd på."

"Hon har upplysningsvis hörts igen av distriktet i Alabama men säger sig inte ha haft kännedom om att hennes ex-man haft utanföräktenskapliga förhållanden." fortsatte Chelsea.

"Och dessutom har hon alibi för mordkvällen" fyllde Billy i. "Hon såg föreställningen 'Jessie James' på Operahuset med flertalet väninnor."

Carla Roberts mördades med fjorton knivhugg i Fleetwood Park. Till och med en erfarna och rutinerade John hade haft svårt att hålla känslorna tillbaka den där decemberkalla morgonen för sex år sedan. Så mycket blod som färgat det frostiga parkgräset. Så mycket ilska bakom vart knivhugg. Och ännu låg fallet olöst.

Han suckade och skakade på huvudet. Frågan var om han verkligen kunde njuta av sin kommande pension om inte detta fall klarades upp? Han var inte så säker. Mellan varje ny mordutredning hade han satt inspektörerna på att arbeta med Roberts-fallet. Försöka finna nya spår. Nya ledtrådar. Varje ny ledtråd gav nya förhoppningar. Varje bakslag ny frustration.

"Roberts hade ju till hälften svart påbrå" sa Billy. "Kan det ha varit ett hatbrott?"

Chelsea skakade på huvudet.

"Vi har redan gått igenom det" svarade hon. "Inget tyder på det. Varken tillvägagångssätt eller motiv." Hon ryckte på axlarna och kisade då solens strålar nu träffade hennes ansikte. "Kanske är detta mordet som den legendariske Kommissarie John Lucas Jr. inte kommer att kunna ha med på sin meritlista över uppklarade fall?"

14

John log men på insidan kände han en ängslan. Han ville verkligen ha fallet löst innan de tre återstående veckorna passerat.

"Lugn Junior" försäkrade Billy. "Vi ska nog komma till bukt med det."

John nickade och drog in ett djupt andetag, kände doften från Mill Lake och log.

"Tack för hjälpen idag" sa han. "Det betyder mycket."

Billy nickade och viftade med handen i en "inga-problem"-gest. Chelsea reste sig upp och såg sig om mot pardörrarna.

"Jag kan inte förstå hur detta kunnat stå tomt under så många år?" Hon skakade på huvudet. "Billy, hur många år sa du?"

"Fyrtio."

"Fyrtioett för att vara exakt" inflikade John.

Varför? tänkte Chelsea och tog ett djupt fundersamt andetag. Vad döljer du, du ståtliga borg? Hennes detektivintresse satte igång hjärnverksamheten. Vad är din historia?

JOHN LUCAS Jr. hade bara sovit någon timme i sitt nya sovrum då han åter öppnade sina ögon. Trött och yrvaken såg han framför sig i mörkret till dess att hans ögon vande sig.

Vad var det för ljud?

Han gnuggade försiktigt ögonen. Ljuden återupptogs och ett vagt gnisslande hördes från våningen ovan. Han drog av sig lakanet, satt sig upp på sängkanten och spejade öronen än mer. Han såg mot det öppna fönstret där den ljumna vårvinden ven genom de vita gardinerna. Men ljudet följde inte med vinden. Det kom från övervåningen.

Fint, tänkte han. Inbrott första natten. Han sträckte sig efter sitt tjänstevapen vid nattduksbordet. Kanske var det ännu inte vida känt att Rosendal Hill hade en ny ägare? Enligt hanverkarna fanns där tecken på att någon eller några huserat här under tiden det stått tomt.

Golvplankorna knarrade under hans fötter medan han stegade ut i korridoren. Iklädd pyjamasbyxa och en flottig nattskjorta såg han sig om. Ögonen hade vant sig vid mörkret och

15

trevandes tog han sig fram till dörren till den trapp som ledde upp till vindsvåningen.

Han kramade vapnet hårt i handen och fingrade lätt på avtryckaren medan hans huvud kom i höjd med vindens golv. Han blickade ut över den stora öppna ytan. Några gamla lådor stod travade utmed vinden. Ett lakan täckte över ett gammalt möblemang och damtussarna låg längst listerna.

Ett stort runt fönster släppte in månens sken och i dunklet såg han den gamla gungstolen i mitten av rummet. Gungandes. Dess gnisslande ljud ekade mellan de massiva takstolarna. Vad i helvete? tänkte han och tog de sista stegen upp för trappan. Hur kommer det sig?

Försiktigt närmade han sig den gamla gungstolen som fortsatt gungade fram och tillbaka framför honom. Han såg sig om i rummet och sedan tillbaka på gungstolen. Tog ytterligare steg mot den. När två meter återstod upphörde gungningarna. Den saktade inte ner utan stannade tvärt.

Med vidöppen mun och skärrad blick stirrade han på den gamla möbeln. Han kände sig iakttagen och en kall kår spred sig längst hans ryggrad medan håret i nacken reste sig.

Det måste dra här uppe, tänkte han. Det är den enda logiska förklaringen. Han skakade på huvudet, gick fram till gungstolen och rörde den lätt med handen medan han sökte av resten av rummet. Annars har jag blivit galen.

Åter i sängen låg han och stirrade upp i taket. Vaksamt lyssnade han efter det gnisslande ljudet men när det inte återuppstått på två timmar föll han åter i sömn.

~TRE~

TELEFONINSTALLATÖREN LYFTE på luren i hallen, kontrollerade signalen och lade sedan på igen innan han stack in huvudet i köksingången.

"Så då, min herre" sa han. "Nu har du signal."

John Lucas Jr. nickade och tackade för besväret. Hela morgonen hade installatören sprungit fram och tillbaka mellan hallen och den telefonistolpe som stod några meter från Rosendal Hills tomtgräns, intill den stora landsvägen. Och han var inte ensam.

Efter nattens obehag med den gungande stolen och de gnisslande ljuden hade John vaknat tidigt och bestämt sig för att kontakta en larmfirma. Han hade klätt sig enligt sin dagliga rutin, hoppat in i den gamla Forden och åkt de två milen in till staden. Väl där hade han traskat in på "Larm och Tillbehör" och bett om att få beställa ett hemlarm.

När han återkommit hem lagom till det att Telefoninstallatören anlänt hade det endast tagit trekvart innan en Larminstallatör börjat springa runt i huset med sina anteckningsblock och konstiga frågor.

"Vad ska vi ha för larm vid källaringången?

"Det vet väl du bäst?" hade John svarat irriterat.

Nu satt han där på en barstol vid den stora köksön med en förmiddagstallrik bestående av vändstekta ägg, lite krispigt bacon och stekt potatis i tärningar. Någon begåvning i köket hade John aldrig varit men mån om rutiner var han. Varje dag

17

de senaste åren hade han ätit den nämna måltiden som start på dagen. Efter att ha sköljt av porslinet, stekpannor och bestick under varmt vatten gick han ut till hallen för att prova sig på ett samtal på sin nyinstallerade bakelittelefon.

Han lyfte den svarta luren, snirklade den några varv i händerna för att få ut trasslet på linan och slog sedan numret till stationen. Signalerna göd i örat och han fick vänta en längre stund innan någon slutligen svarade.

"Hej Chelsea, det är John."

I andra änden hälsade Chelsea glatt.

"Ja, nu har jag telefon här." fortsatte han. "Lyssna, jag har installatörer här för att få larm och…" Han tystande. "Nej, nej, inget har hänt. Jag tycker bara att man bör ha ett larm."

Han tystnade igen medan Chelsea fortsatte tala i andra änden.

"Du, jag kommer inte in till kontoret idag men ni kan nå mig här okej?"

Återigen tystnad medan Chelseas glada stämma trummade vidare.

"Okej, då säger vi så. Bra. Tack. Adjö."

Han lade på telefonen och log. Den där kvinnan, tänkte han. Om hon bara varit lite äldre. Eller han lite yngre. Han skrattade. Det hade faktiskt varit att föredra. Och på tal om kvinnor, tänkte han vidare. Idag var det måndag och det betydde dans på lokalpuben. Kanske skulle hon vara där idag med?

Han log medan han öppnade pardörrarna till baksidan, klev ut på verandan och beskådade förmiddagssolens spegelbild på Mill Lake. Men tankarna på den gamla gungstolen fyllde honom med en känsla av obehag.

Det måste vara ett drag? intalade han sig själv. Hantverkarna får se över det.

INNE PÅ stationens lilla fikarum satt kriminalinspektörerna Chelsea Summers och Billy Henderson och dividerade teorier om Carla Roberts-fallet.

"Jag är trött på det här förbaskade fallet" sa Billy trött och oinspirerat medan han rastlöst fingrade på kaffekoppen. "Varför ska vi ägna tid åt det var gång som inget nytt inkommit?" Han skakade frustrerat på huvudet. "Erkänn att Junior är lite besatt av det."

Chelsea ryckte på axlarna och tryckte ingång den slitna kaffebryggaren som trevande hostade igång med ett moln av ånga. "Om han vill att vi ska ägna tid på det så är det vad vi ska göra."

Hon satte sig ner mittemot honom vid det runda fikabordet.

"Men det är ju vägs ände var gång" insisterade Billy. "Det är helt dött lopp."

Chelsea log åt honom där han satt med sina runda svarta bågar på nästippen. Han hade rakat bort mustaschen vilket hon till en början hade blandade intryck av men nu fann som sexigt. Han såg yngre ut, tänkte hon och bet sig i läppen. Väldigt attraktivt.

"Det kanske är ett fall som han känner att han måste klara upp innan pensionen."

Billy lutade sig tillbaka i stolen.

"Jo, men vi kommer ju ingenstans" svarade han tröttsamt. "Den där Cole, där har vi kört fast på nytt." Han suckade. "Och jag tror inte att han är gärningsmannen."

Chelsea skakade på huvudet.

"Det tror inte jag heller men han kan vara länken mellan Carla och mördaren."

"Ja, eller så är mördaren någon som inte hade den minsta koppling till någon av dem utan bara ännu ett labilt monster som utan anledning högg ner henne."

Chelsea log.

"Du tror fortfarande på hatbrott du?"

Han ryckte på axlarna. "Kanske. Kanske inte."

Kaffebryggaren gav ifrån sig en sista puff ånga och tystnade vilket indikerade på att kaffet runnit klart. Chelsea reste sig, gick fram till köksbänken och tog kannan.

"Vad säger du om Rosendal då?" frågade hon och hällde upp det rykande kaffet i sin kopp.

"Vad menar du?" frågade han och ställde fram sin kopp så hon kunde fylla den. "Tack."

"Jag menar, det är ett vackert hus" sa hon och ställde tillbaka kannan i bryggaren. "Men är det inte lite konstigt att ett sådant hus stått tomt i fyrtio år?"

"Fyrtioett." påminde han henne och log.

"Varför?" undrade hon och satte sig åter mittemot honom.

Billy smakade av det nybryggda kaffet och harklade sig sedan.

"Tja, det kanske var för dyrt?" Han funderade. "Eller för flådigt."

Chelsea studerade en stund den bruna tapeten med ett fundersamt ansiktsyttryck.

"Undrar vad han betalade för det?"

Billy tog av sig glasögonen och log mot henne. Han kunde se hennes detektivhjärna arbeta på högvarv bakom den rynkade pannan.

"Du, min lilla Sherlock Holmes" log han. "Vad är det du funderar på?"

Chelsea rykte på axlarna, släppte tapeten med blicken och såg istället ner i koppen.

"Jag vet inte?" Hon bet lite irriterat på långfingernageln. "Det är bara en känsla."

Billy nickade men satt tyst.

"Jag kanske bara inbillar mig" fortsatte hon. "Men jag tycker det är konstigt att ett hus står utan ägare så länge."

Billy log åt hennes ängslan.

"Och jag tycker det är konstigt att jag lyckas hålla mig ifrån att kyssa dig här på kontoret."

Hon skrattade och såg upp på honom.

"Det är för att du är en fegis."

Hon skrattade på nytt medan han inte såg allt för road ut. Han skakade på huvudet och log ironiskt.

"Vad menar du med det?"

"Du må se ut som Clark Kent nu utan mustaschen och så men du är inte direkt någon Superman." Hon skrattade på nytt.

Han bara såg på henne. Log åt hennes härliga skratt och värmdes av hennes ljuvliga skönhet. Likt John förstod inte heller Billy varför en kvinna som Chelsea valt detta yrke. Men nog var han glad för det.

"Så" sa han. "Dans ikväll?"

Chelsea nickade. "Visst, tuffing."

"Kanske man får se dig i klänning?" log han och smuttade en klunk ur koppen.

Hon såg pillemariskt på honom.

"Och du tror du klarar det?" Hon höjde ögonbrynen.

"Det gör jag" log han. "Kom ihåg, jag har redan beskådat allt det där." Han pekade mot henne och gjorde en cirkelrörelse runt hennes kropp. "Men man får aldrig nog."

~FYRA~

LOKALPUBEN "GEORGE ROCK CAFÈ" låg bara kvarteret från stationen. Efter långa arbetsdagar gick de allt som oftast dit för att varva ner. På helgerna och varannan måndag höll dansgolvet öppet. Till farten och tonerna av Elvis Presley, Chuck Berry och andra hitmakare kunde man bjuda upp och dansa till sent in på natten. I kvällssolen satt folk och tog igen sig på uteserveringen efter en hård arbetsdag. Bland klingande skålar och rungande sång höll de liv i lågan medan solen sakta sjönk ner bakom stadens kyrktorn.

John Lucas Jr. var stamgäst och väl känd i kretsarna kring puben. Den lägenhet han bott i under de senaste trettio åren låg bara ett stenkast ifrån. Den han nu sålt till förmån för Rosendal Hill förstås. Under helgkvällarna besökte han uteslutande haket och varannan måndag bjöd han upp samma kvinna och dansade med henne till in på småtimmarna. Men det stannade alltid vid dansen. De gick alltid hem till sitt när kvällen var över. Rebecca hette hon. Det var allt han visste. Och att hon var den vackraste hans ögon skådat. Bortsett från inspektör Chelsea Summers men hennes skönhet kunde ingen mäta sig med.

Med en cigarett i mungipan, hatten på sned och klädd i jeans, boots och t-shirt satt inspektör Billy Henderson vid baren. Skinnjackan vilade på barstolens ryggstöd och en kall öl lämnade en fuktig ring på bardisken när han tog den till sig.

John hälsade först artigt på sina gamla parhästar. Den tidigare Kriminalaren Timothy W. Gardner skrattade högt åt något

22

skämt och tog sedan Johns utsträckta hand. Pensionärsbordet, tänkte han. Om tre veckor har de väl en invigningsceremoni för mig.

Han trängde sig vidare genom folkmassan och kom tillslut fram till Billy, slog sig ner på barstolen bredvid och vinkade åt bartendern. Han lät kavajen vara på men tog av hatten och lade den framför sig på bardisken samtidigt som bartendern ställde fram en skummande öl.

"Tack" sa han och gav bartendern en sedel. "Behåll växeln."

Han smuttade på skummet och slickade sedan läpparna.

"Jaha, då var vi här igen."

Billy nickade och drog ett bloss på cigaretten. "Vi är ju det" log han och blåste ut det gråa rökmolnet medan han askade på golvet. "Hur har det gått för dig?"

John tog en klunk, svalde och harklade sig.

"Jo tack. Nu ska allt snart vara installerat." Han tog ännu en klunk. "Larmet blir färdigt under veckan."

"Bra, bra."

"Hur har det gått för er?"

Billy ryckte försiktigt på axlarna.

"Ja, du?" Han log. "Inget nytt. Samma som tidigare." Han höjde ögonbrynen, nickade och tog ett nytt bloss. "Bara rykten att utgå ifrån."

John svarade inte utan nickade bara förstående. Jävla fall, tänkte han. Jag kommer inte få det löst innan det är över.

Flertalet busvisslingar hördes i lokalen och de båda vände sina blickar mot entrén. Där stod hon. Iklädd en röd klänning med höga svarta skinnstövlar. Lagom urringad.

Billy log och såg sedan på John som mötte hans blick. Han skakade bara på huvudet. Din lyckost, tänkte han och tog en ny klunk ur den redan nästan urdruckna ölen.

Inspektör Chelsea Summers lät männens suktande blickar följa henne över golvet medan den röda klänningen dansade runt hennes välformade ben. Enstaka arga blickar kastades också, men från männens fruar som inte alls fann hennes klädval särskilt upphetsande.

Jag ser väl ut som en bordellkvinna från Vilda Västern, tänkte hon och klämde sig förbi de sista gästerna innan hon nådde fram till John och Billy. Men hon hade ju lovat Billy att bära klänning under kvällen.

"Hej på er" sa hon och log.

John nickade lätt och drack ur ölen. Billy log med hela ansiktet och slickade sig om läpparna.

"Så" sa han. "Det blev klänning i alla fall?"

"Den här gamla trasan?" Hon såg ner på klänningen, sedan tillbaka på Billy och log. "Duger den?"

Billy kliade sig på hakan och nickade.

"Du är väldigt vacker."

"Tack" log hon. "Ska vi dansa?"

Billy nickade och tog hennes utsträckta hand.

"Och du, John" sa hon. "Ser du vem som kommit?"

Hon pekade mot kvinnan som satt längre ner vid bardisken.

"Gör mig stolt" sa Billy och gav John en klapp på axeln innan Chelsea drog med honom ut på dansgolvet.

John såg en stund efter dem. De var ett vackert par, tänkte han. Båda så fulla av liv där han snurrade henne i luften medan hennes skratt överröstade Presleys darrande i *Can'thelpfalling in love*. Sedan såg han bort mot Rebecca. Kvinnan som lättsamt smuttade på vinglaset medan hon kastade försynta blickar åt honom.

Han log och beställde en ny öl innan han styrde stegen mot henne.

JOHN KRAMADE henne ömt och länge innan de skildes åt. Svettig från all dans satt han bakom ratten på sin Ford och funderade på hur mycket han egentligen druckit under kvällen medan bilen styrde ut på landsvägen. Det skulle se illa ut om Kommissarien själv hamnade bakom lås och bom för fyllekörning. Men så mycket kunde det väl inte vara? Han hade ju mest dansat.

Ljusstrålarna från bilen for fram genom det nattliga dunklet medan han själv försökte hålla sig vaken. Det var första gången som han behövt köra hem från puben. Hem, tänkte han och kunde fortfarande inte riktigt försåt att Rosendal nu var hans. Han log för sig själv. Kunde han bara samla mod till att bjuda hem Rebecca efter en av danskvällarna så skulle nog pensionen inte bli några som helst problem att hantera.

Med tankarna på den vackra Rebecca styrde han snart in Forden genom allén och vidare fram till det stora huset. Han log när han såg den majestätiska byggnaden. Varför han skulle ha ett så stort hus nu när pensionen nalkades visste han inte men han var inte mindre nöjd för det.

Han drog nyckeln ur tändningen, steg ur bilen och gick stegen uppför entrétrappan. Väl inne i den stora hallen kastade han av sig kavajen på en av de vita fåtöljerna, lade bilnyckeln på hallbordet och gick upp till övervåningen.

Han lade sig på sängen utan att ta av sig kläderna, släckte den lilla sänglampan och stirrade en stund upp i taket. Vart lade jag bilnyckeln? tänkte han och rynkade pannan. Så mindes han. På hallbordet. Han var alltid noga med att de fanns till hands om telefonen ringde. Ett nytt mord och Kommissarien själv satt fast på landet. Jo, det skulle vara fint det, tänkte han och föll i sömn.

~FEM~

Han iakttog henne i skydd av mörkret. Hon hade inte upptäckt honom där hon korsade gatan och närmade sig den dunkla parken. Hon vandrade skyndsamt nerför trottoaren vid dess utkant. Klädd i svart klänning med det röda håret utsläppt. Likt blixten slog han till. Bakifrån. Med handen doldes hennes skrik. Slet henne till sig. Hon kämpade i panik medan han slet henne med sig in i parkens mörker. Fick ner henne i gräset. Hon fäktade vilt med armarna. Han log åt hennes tappra motståndsförsök.

Det silvriga stålet blixtrade i månskenet innan det skar in i hennes buk. Bakom handflatan som pressade ihop hennes läppar byttes skriken ut till kvävda ljud. Han avlägsnade sin hand medan han stirrade in i hennes uppspärrade ögon. Han kunde läsa av rädslan i dem. Chocken. Hur det sista kämpande hoppet sakta rann ner för hennes kinder tillsammans med tårarna.

"Allt kommer bli bra" tröstade han henne och drog luggen från hennes panna. "Så, så."

Han smekte hennes kind medan hon sakta stängde sina ögon. Ett sista andetag lämnade hennes bröstkorg. Sedan var hon borta. Han såg upp och in i mörkret i buskaget. Bredvid en trädstam mötte han dess iskalla blick och mörka leende.

GENOMSVETTIG SATTE John Lucas Jr. sig upp i sängen. Med den hemska mardrömmen vilandes på näthinnan stirrade han in i mörkret framför sig. Andningen var påtaglig och svetten rann ner i hans ögon. Han kände sig iakttagen och såg djupare in i mörkret.

Plötsligt uppenbarade hon sig. Vålnaden. Genomskinlig i ljuset från fönstret. Håret dolde större delen av ansiktet och den vita klänningen var indränkt i svart blod runt hennes buk. John stirrade på henne. Intalade sig att det bara var en dröm. Att han snart skulle vakna. Han slöt sina ögon, slöt dem hårt. Skulle han våga öppna dem igen? Var hon kvar? Var han vaken eller drömde han fortfarande? Han bet ihop tänderna hårt och öppnade sakta ögonen.

Vålnaden var kvar. Stod nu intill honom vid sängen. Framåtlutad. Ansikte mot ansikte. Han svalde hårt och stirrade in i hennes svarta ögon. Båda orörliga. Sekunderna passerade förbi. Hon log och rullade tillbaka ögonen så att endast vitan gick att skåda. En kall kår spred sig längst hans ryggrad medan hon gapade, lade huvudet på sned medan nacken knakade i takt med att hon vred det från sida till sida.

"Blod... arv... Benedict" hördes från hennes strupe utan att hon rörde munnen.

Sedan det öronbedövande skriket innan hon flög tvärs över rummet och försvann genom väggen. I chock tände han sänglampan men ingen annan än han själv fanns där. Han andades tungt och lutade sig sedan tillbaka till kudden. Han skakade på huvudet medan flåset lugnade ner sig och hjärtat återgick till en jämnare rytm. Inte kunde det vara sant? Nej, han måste ha befunnit sig i ett tillstånd mellan dröm och verklighet.

Han kände sig utmattad. Svag. Som om händelsen tagit kraften ur honom. Han orkade inte längre hålla ögonen öppna och utan att släcka den lilla bordslampan föll han åter in i en ny mardröm.

~SEX~

INSPEKTÖR CHELSEA Summers andades tungt medan Inspektör Billy Henderson med tungan tillfredsställde hennes behov. Med hans huvud mellan sina lår och med sin hand hårt inlindat i hans svall stönade hon allt högre medan hans tungrörelser blev mer intensiva. Hon svankade med ryggen i en spänd båge, höll andan någon sekund innan hon med ett kvävt stön inte lyckades hålla emot längre.

Billy kände hennes skakningar. Han kände igen dem mycket väl. Han såg upp på henne och log innan han klättrade uppåt och lade huvudet på hennes bröst. Där kunde han höra hur hennes hjärtslag arbetade på högvarv. Hennes hand smekte genom hans hår och alldeles still låg de där några minuter och njöt av varandras nakna närhet.

Men så ringde telefonen. Billy tvingade sig upp, virade ett lakan om sig och gick ut i hallen för att svara. Två minuter senare kom han åter in i sovrummet och lade sig ner vid henne.

"Älskling" sa han och kysste hennes panna. "Klä dig. Vi har ett mord."

Hon nickade.

"Åker du först?"

Han nickade. Det var en rutin de hade att aldrig dyka upp på mordplatsen eller stationen tillsammans. Säkert var ryktet om deras romans redan uppdagad men de ville inte spä på det. För arbetets skull.

"Visst" sa han. "Jag vaskar av mig bara så får du duscha denna gång."

JOHN LUCAS Jr. svor där han sprang mellan hallen, köket och sovrummet i jakten på bilnyckeln. Övertygad om att han lagt den på hallbordet för att inte tappa bort den. Det var hans rutin. Han hade gjort samma sak varje kväll innan sängdags. Alltid väl tillgänglig för att alltid ta sig till mordplatserna på snabbast möjliga sätt. Men nu var den borta.

Hade någon flyttat på den? tänkte han och mindes mer än väl att han placerat den på det bruna mahognybordet. Var det huset? Han skakade på huvudet. Nu var han bara löjlig. Hus flyttade inte runt på ting. Han sökte för andra gången igenom sovrummet. Under sängen. I lådan i nattduksbordet. Frustrerat gick han ner igen till hallen.

För trekvart sedan hade inspektör Billy Henderson ringt honom och berättat om det nya mordfallet. En kvick dusch och en kopp kaffe senare letade han febrilt efter de den försvunna nyckeln. Han hade ju lagt den på bordet. Han visste det. Han var mer än säker på sin sak. Jävla mordfall, tänkte han. Varför just denna morgon? Varför just nu när han endast hade tre veckor kvar till pensionen?

Han stack i ren frustration handen i den svarta rocken som han inte använt på månader men som ändå hängde där i klädskåpet. Förvånat kände han det kalla stålet. I ett stadigt grepp fiskade han upp nyckeln och såg med förundrad blick på den medan han dinglade den mellan fingrarna. Hur? Det kunde inte vara möjligt. Han hade inte använt rocken sedan den bittra vintern. Någon spelade honom ett spratt. Vad var det med det här huset?

KROPPEN LÅG livlös på rygg i det gröna gräset. Solens strålar sken genom trädkronorna som kastade skuggor över parken. Inspektör Billy Henderson log mot inspektör Chelsea Summers då hon klivit ur taxin, korsat avspärrningarna och nu stod mittemot honom. Hon hade bytt gårdagskvällens röda klänning mot ett par högt skurna jeans och som vanligt en rutig skjorta. Denna morgon en varvad i röd och brun nyans. Hon log tillbaka och såg sedan ner på den döda kvinnan. Hennes ansiktsuttryck gick inte att ta miste på.

"Herre min gud."

Billy nickade instämmande och drog ett djupt andetag. Chelsea skakade på huvudet. Den uppskurna buken gjorde henne illamående. Nästan tårögd såg hon åter på Billy.

"Vem gör något sådant?"

Billy ryckte på axlarna och såg ledsamt på henne. Det var en bra fråga.

"Påminner om Roberts-fallet" sa han. "Samma brutalitet."

Kommissarie John Lucas Jr. stannade sin vita Ford intill avspärrningarna och slog av motorn. Tog sig ur bilen och gick med bestämda steg mot mordplatsen. Både Billy och Chelsea kunde se att han var stressad och uppenbart upprörd. Han stannade till då han fick syn på den livlösa uppskurna kvinnan. Det är inte möjligt? Med vidöppen mun stirrade han skärrat på henne. Den här dagen blir bara konstigare för var minut.

Han tog några steg närmare. Hennes svarta klänning. Det röda håret. Den uppskurna buken. Han skakade chockerat på huvudet. Det var kvinnan från hans dröm. Hur var det möjligt? Varje detalj stämde på pricken. Han såg med skärrad blick på sina undersåtar.

"Hur är det med dig, Kommissarien?" sa Billy och använde nu Johns formella titel. "Du ser blek ut?"

John drog handen genom skägget och skakade åter på huvudet.

"Det är så konstigt" svarade han. "Jag har..."

"Har?" frågade Chelsea. "Har vad?"

John harklade sig. "Jag har sett henne förut."

Okej, tänkte Billy och ryckte på axlarna. "På puben?"

"Nej" fortsatte John. "Jag har sett henne bli mördad."

Billy och Chelsea spärrade upp ögonen och såg förvirrat på varandra.

"Jag har sett det här mordet förut" sa John med hes stämma. "Kvinnan. Den här parken. Den uppskurna buken." Han svalde hårt. "Exakt varje detalj."

"Vad då? Som..." frågade Billy. "Som Déjà Vu?"

John nickade. "Ge mig några sekunder" sa han och tog några djupa andetag för att lugna sig. Han rättade till kragen på den skrynkliga skjortan. I all sin hast hade han glömt att knyta på sig en slips. Det gråa håret stod osymmetriskt åt olika håll och de trötta påsarna under ögonen lyste i mörkblått.

"Är Kommissarien redo?" frågade Billy varpå John nickade.

"Okej. Kvinnans namn är Julie Law. Tjugotvå år. Hittades av en man under dennes morgonpromenad med hunden." Billy pekade bort mot en man lite längre bort som förhördes av en polisaspirant.

"Tillvägagångssätt?" frågade John. Men det hade han nog redan kännedom om.

"Tyder på att hon släpats in i parken från trottoaren" svarade Billy. "Sedan tvingats ner på marken där hon ganska snart bragds om livet."

John vände sig om och inspekterade spåren i marken. Precis som i drömmen, tänkte han.

"Enligt teknikerna finns inga tecken på sexuell kontakt" fortsatte Billy. "Och den troliga dödsorsaken är blodförlust."

John nickade.

"Men de återkommer med en mer utförlig rapport efter obduktion."

"Mordvapen?" frågade Chelsea som inte heller hunnit sätta sig in i detaljerna.

En kniv, tänkte John och hörde den rödhåriga kvinnans kvävda skrik och rädslan i hennes ögon.

"Ett vasst föremål enligt rättsläkaren" svarade Billy. "Förslagsvis en kniv."

Han förklarade sedan vidare i detaljerna kring händelseförloppet. Hur kvinnan släpats genom parken. Pekade på några fotavtryck vid rosenrabatten. En klack från hennes skor låg några meter ifrån platsen. Två polisaspiranter

31

dokumenterade och fotograferade allt de hittade som kunde ha med mordet att göra.

"Vet vi vad hon gjorde här mitt i natten?" frågade Chelsea.

Billy skakade på huvudet.

"Men vi har hennes adress" sa han och räckte över en handskriven pappersbit till John.

Den delen av sitt arbete tyckte han inte om. Delen där han skulle berätta för nära och kära att deras älskade vän eller familjemedlem bragds om livet. Det var någons dotter eller son. Någons mor eller far. Vän eller stora kärlek. Han skakade på huvudet.

"Okej, sa han. "Ni fortsätter nere på stationen. Jag kommer så fort jag informerat de anhöriga."

De båda inspektörerna nickade.

"Jag åker med dig", sa Chelsea till Billy medan de tre började vandra mot bilarna och Billy nickade till svars. "John, förresten. Varför var du sen?"

Både Billy och Chelsea hade nog tänkt den tanken. John hade aldrig varit så sen till en mordplats. Kanske var det Rosendal? Sträckan var nu längre. Hela två mil utanför staden. Men det var inte likt honom.

John skakade på huvudet och fnös medan han öppnade förardörren på sin Ford.

"Kan ni tänka er" sa han. "Jag kunde inte finna mina nycklar."

Det kunde inte Billy och Chelsea tänka sig. Det hade aldrig hänt under de sex år de arbetat med John. Alla kände till hans stolthet för sin titel. Alla visste hur pedantiskt noga han var med att lägga både nycklar och kläder redo för att kunna infinna sig snarast möjligt.

"Du?" påpekade Billy förvånat. "Det har väl aldrig hänt förr?"

John skakade på huvudet och log. Det hade aldrig hänt förut men någonting stod inte riktigt rätt till. Han kunde bara inte sätta pekfingret på det.

~SJU~

INSPEKTÖR BILLY Henderson satt till en början tyst vid det lilla konferensbordet. Stirrandes på tavlan med fotografier, namn och små anteckningar i form av stödord. Flera bilder på Julie Law. Hennes hemska öde. Vad hade egentligen hänt där i parken? Han skakade på huvudet medan Kommissarie John Lucas Jr. kom in i rummet tätt följd av inspektör Chelsea Summers. John slog sig ner på en av stolarna medan Chelsea likt så ofta förr valde att stå lutad mot dörrkarmen. Det var sent på kvällen och alla tre var utslitna och trötta.

"Vad har vi?" frågade John.

Billy ställde sig upp, gick fram till tavlan och började sin genomgång.

"Julie Law." Han pekade på en profilbild som John tagit med från sitt besök hos hennes familj. "Tjugotvå år gammal. Förekommer inte i våra register. Verkar vara en skötsam kvinna." Han pausade, harklade sig och pekade sedan på fotografiet som visade Julies uppskurna buk. "Hon hittades något efter åtta, knivskuren från buken upp till mellangärdet. Mordet ska ha skett någon gång mellan fyra och sex."

"Inga vittnen?" frågade John vidare och gnuggade sina trötta ögon medan Billy skakade på huvudet.

Fundersamt satt John tyst några sekunder. Det var konstigt. Samtliga detaljer stämde så väl in i den hemska drömmen. Otäckt lika. Men det sista han mindes innan han kallsvettig satt sig upp i sängen var åsynen av en leende kvinna bland

33

buskagen. Han drog en djup suck. Varför blandade han ihop en dröm med ett nytt mordfall? Nej, här behövde han tänka klarsynt. Fanns där inga vittnen så fanns där inga vittnen, helt enkelt.

"Något tänkbart motiv?"

Chelsea skakade på huvudet. "Nej, inte i nuläget."

"Okej" fortsatte John. "Vet vi vad hon gjorde vid parken?"

"Inte direkt" svarade Billy. "Vi har lyckats spåra vad hon gjorde under kvällen."

John nickade. "Låt höra."

"Hon var på puben" fyllde Chelsea i. "Enligt en väninna så var de där i sällskap."

John kunde inte minnas att han sett Julie Law i folkmassan. Eller hade han det? Var det så han blandade ihop sin mardröm med kvinnan?

"Enligt väninnan så ska Julie sedan ha slagit sällskap med en man."

"Följt med mannen hem?"

Chelsea nickade.

"Vi vet ännu inte vem mannen är." sa Billy. "Men vi har några fler gäster att tala med som kan ha sett dem och med lite tur kan någon kanske identifiera mannen."

John nickade medan han gäspade.

"Vet vi... Ursäkta" Han gäspade än en gång. "Puben stängde klockan två. Vet vi varför hon fortfarande befann sig utomhus flera timmar senare?"

Både Billy och Chelsea skakade på huvudet.

"Vad?" sa John. "Inga teorier?" Han såg på dem båda.

"Kanske" sa Chelsea och rykte på axlarna där hon fortsatt stod lutad mot dörrkarmen. "Hon följer med den här oidentifierade mannen hem. De har sex och hon antingen ger sig av hemåt eller smiter ut när denne somnat." Hon gnuggade trött sina ögon. "Oavsett så lämnar hon mannens bostad."

"Kan vara så" fyllde Billy i. "De kanske bråkar. Hon springer ut, han följer efter och dödar henne i parken?"

"Svartsjukedrama?" frågade John. "Kan någon ha inväntat henne?"

Stått utanför mannens bostad? Iakttagit sexakten? Sett dem genom nått fönster? Sedan väntat på henne? Släpat in henne i parken och kallblodigt mördat henne? Det fanns många frågor. Och nu var John för trött för att finna svaren. Detta var en dag han bara ville glömma. Allt som kunnat gå fel hade under dagen gått fel. Med start redan vid uppvaknandet. Och varför kände han sig så trött? Var det flytten?

Både Billy och Chelsea rykte på axlarna och stirrade fundersamt framför sig.

"Nej vet ni vad?" sa John och reste sig. "Det är sent. Vi fortsätter imorgon."

Billy nickade och reste sig. Chelsea studerade en stund fotografierna på den mördade kvinnan medan John kom fram och ställde sig intill henne. Chelsea såg på honom och log.

"Imorgon efter arbetet" inledde hon. "Jag och Billy tänkte äta på *Forkes*."

John såg på henne. Det var en av stadens finaste restauranger, nere i de finare kvarteren. Känt som det romantiska innerstället. Han nickade frågande.

"Jag tänkte att du kanske vill följa med? Du och Rebecca?

I bakgrunden stod Billy och log. Han såg på Chelsea som log tillbaka. Han förstod varför han föll för henne. Hon var inte bara vacker. Hon hade det största hjärtat med.

"Jag?" stammade John. "Och... och... Rebecca?"

"Ja" svarade Chelsea och rykte på axlarna. "Varför inte?"

John funderade en stund. Nog förstod han att Chelsea ville få saker i rullning. Kanske kunde det fungera? tänkte han. Kanske var det vad han behövde? Dessutom skulle det inte bli så stelt mellan honom och den vackra Rebecca när de hade den babblande Chelsea med sig. Han nickade.

"Jag kollar med henne" log han.

KOMMISSARIE JOHN Lucas Jr. stängde dörren till Rosendal Hill. Huset var tyst och han kunde höra hur vinden drog förbi utanför fönstren medan han bredde sig en kvällssmörgås. Dubbla lager med rökta kalkonskivor och där emellan ett lager

35

med ost. En kopp varmt te. Han fyllde på med några droppar whiskey. Bara för den goda smakens skull, log han för sig själv. Inne i det stora vardagsrummet svalde han ner smörgåsen med sippar ur teet.

Mordet på Julie Law dominerade hans tankar där han satt i dunklet vid det stora matsalsbordet. Hur kunde det komma sig att mordet var så slående likt hans dröm? Varför drömde han detta just denna natt? Samma natt som mordet skedde? Han skakade trött på huvudet. Han förstod det inte. Genom det stora panoramafönstret såg han Mill Lake. Månens sken blänkte på dess stilla yta. Han kände sig trött. Tröttare än vanligt. Inte heller det kunde han förstå då han sovit djupare under natten sedan han flyttat in på Rosendal Hill. Kanske var det just flytten som tagit på krafterna?

Efter en stund vandrade hans tankar iväg till den stundande pensionen. Han hade inte riktigt funderat på det. Nu när det närmade sig visste han inte hur han ställde sig till det? Han hade aldrig sett sig själv som pensionär. Hans titel var egentligen det som personifierade honom. Kommissarie John Lucas Jr. Det klingade rätt. Pensionär före detta Kommissarie John Lucas Jr. Nja, tänkte han. Det klingade inte lika glasklart. Men visst, det kunde bli bra. Om han bara kunde klara upp dessa fall innan dess.

Sömnigt tog han sig upp på övervåningen och in i sovrummet. Efter att kläderna noggrant vikts och hängts på en stolsrygg lade han sig bekvämt under det tjocka duntäcket. Han sträckte sig mot lampan, släckte lyset och föll in i en djup sömn.

INSPEKTÖR BILLY Henderson satt fundersamt vid det lilla matsalsbordet i Inspektör Chelsea Summers vardagsrum. I köket kokade Chelsea vatten till två koppar te. Billy hörde henne stöka bland porslinet i köksskåpen. Han såg sig om i det dunkla rummet. Från radion spelades blueslåtar på låg volym. Chelsea kom ut från köket med två rykande tekoppar i varsin hand.

"Tack" sa han medan han tog en av dem i sin hand.

Chelsea slog sig ned mittemot honom.

"Du ser bekymrad ut." Hon såg på honom och log. "Vad tynger dig?"

Billy rykte på axlarna och pillade på den rykande koppen.

"Jag tänker på mordet" svarade han. "Och på Junior." Han såg på henne. "Han var så annorlunda idag."

Chelsea nickade instämmande medan hon tog en klunk av teet.

"Pratade som i gåtor" fortsatte Billy. "Vad menade han?"

"Med vad?"

"Att han sett mordet tidigare?"

Chelsea tyckte på axlarna och ställde ner koppen framför sig.

"Hela Déjà Vu-grejen?"

Chelsea svarade inte utan satt stillsamt och drack ur sin kopp. Visst kände hon också av Johns märkliga beteende.

"Kanske är flytten" svarade hon efter en stund. "Eller pensionen." Hon ryckte åter på axlarna. "Det är sent. Ska vi försöka sova lite?"

Billy nickade till svars medan hans tankar vandrade vidare till den underliga morgonen.

KOMMISSARIE JOHN Lucas Jr vaknade ur sin sömn. Rummet var fortsatt mörkt och han hostade lätt medan ögonen vande sig vid mörkret. Liggandes på sida såg han de små strimlorna av månskenet genom persiennerna. Han kunde höra den stora klockan på nedervåningen slå tre ringande slag. Fortfarande mitt i natten, tänkte han. Fortsatt var han lik väl trött men törstig. Han drog bort duntäcket för att kunna resa sig och hämta lite vatten. I samma sekund stannade hans hjärta och hela kroppen stelnade till. En kall kår spred sig längst hans ryggrad tills nackhåret slutligen reste sig i full givakt.

Handen stack fram under hans kudde. Trots det dunkla ljuset från månskenet kunde han urskilja den. De sneda fingrarna. Böjda likt klor. Med uppspärrade ögon låg han alldeles stilla. Oförmögen att röra sig. Vem är det? tänkte han medan hans kropp började skaka. Vad fan är det som händer här? Drömmer jag? Tillslut samlade han mod, reste sig och vände sig sakta om. Hans blick mötte hennes. En gammal kvinna. Svarta ögon. Rynkigt ansikte. Hon stirrade på honom medan hon rörde det stela huvudet från sida till sida medan nacken knackade som om någon stod bredvid och bröt av trädgrenar. Så stannade hennes rörelser upp. Sedan log hon det bredaste leende. Huden i ansiktet rynkade sig än mer medan läpparna avslöjade en tandlös mun. Hon lyfte sakta sin andra hand mot honom. De sneda och krökta reumatiska fingrarna närmade sig sakta.

Han slet sig ur sin chock. Kastade sig mot den lilla sänglampan och lät ljuset fylla rummet. Kvinnan var borta. Ensam satt han kallsvettig i sängen och andades tungt. Inbillade han sig bara? Han såg sig noggrant om i rummet men där fanns ingen tillstymmelse av att finnas någon annan närvarande. Vad är det för fel på mig? Han la åter huvudet på kudden och stirrade upp i taket medan hjärtat saktade ner sitt tempo.

Kort därefter hörde han återigen ljudet från övervåningen. Ljudet från den vaggande gungstolen. Utan att röra sig lyssnade han på ljudet tills dess att solens första stålar åter glänste över Mill Lake.

~ÅTTA~

MORDET VAR mycket brutalt. Fotografierna på tavlan vittnade om en fasansfull natt då en försvarslös kvinna fick sin buk uppsprättad av en galen knivmördare. Frågan var varför? Inspektör Billy Henderson ställde den om och om igen för sig själv. Varför?

Sittandes på sin stol vid det lilla konferensrumsbordet stirrade han på tavlan med fotografier och tidslinjer. Han och inspektör Chelsea Summers var nästintill ensamma inne på polishusets kriminalavdelning. Chelsea talade i telefonen medan hon väntade på ett fax. Kommissarie John Lucas Jr hade ännu inte ämnat dyka upp.

"Tack" hörde han Chelsea säga innan hon avslutade samtalet och tog papperet som faxmaskinen spottade ut. "Billy, se på det här."

Hon gav honom det faxade papperet och satte sig sedan på stolen mittemot. Noga studerade hon hur han satte glasögonen på nästippen. Hur han skummade igenom dokumentet. Hon log. Trots deras långa förhållande, där det mesta av det varit dolt för de flesta, fick hon fortfarande de välbekanta fjärilarna i magen då hon såg honom.

I början hade han desperat försökt sig på alla knep för att locka till sig hennes intresse utan att för den delen trakassera henne. Hon hade såklart varit intresserad från första stund men valt att spela svårflirtad. Det hade inte hindrat honom och hon brukade älska hur han kom med nya knep och försök. Tillslut hade hon gett med sig.

Hon bet sig försiktigt i underläppen medan han mötte hennes blick.

"Vad?" log han och tog av sig glasögonen.

Hon skakade på huvudet. "Nej, ingenting."

"Så, inga fingeravtryck över huvudtaget?" Han rynkade ögonbrynen. "Gärningsmannen måste ha använt handskar?"

Det var svaret som kommit från laboratoriet. Kniven som hittats vid ett närliggande buskage i parken bar den mördade Julie Laws blod, hennes DNA. Men alltså inga andra spår. Inga dna från mördaren. Inga fingeravtryck.

"Jag antar att så är fallet" svarade Chelsea.

Hennes urringning distraherade Billy. De vackra brösten som knappt doldes under den rödrandiga skjortan. Han slickade sig om läpparna och försökte att inte avslöja sina blickar. Han fann det mer än omöjligt att inte stirra trots det faktum att han sett hennes runda godsaker tusentals gånger. Från topp till tå, hon var verkligen Guds vackraste skapelse. Hans stolthet. Han kunde knappt bärga sig till att få omfamna henne i en avklädd kram medan nattens mörker lät dem synda ostört.

"Du dagdrömmer" avbröt Chelsea honom då hans blick fastnat i klyftan mellan hennes bröst. "Fokusera nu" log hon.

Billy skrattade kort och drog sedan ett djupt andetag. "Så vad har vi att gå på?" Han såg åter upp på tavlan. "Mannen som Julie följde med hem är identifierad denna morgon. En Charlie Hawkins." Han pekade mot fotografiet av mannen på tavlan.

"Men han är fortfarande försvunnen?"

Billy nickade.

"Han dök aldrig upp på sitt arbete. Han skulle ha börjat arbete klockan två på eftermiddagen samma dag som mordet uppdagades. Han är lyst och yttre tjänst söker honom nu."

Chelsea satt tyst och såg på tavlan. Sedan såg hon på Billy.

"Vart är John?

Billy höjde ögonbrynen och ryckte på axlarna.

"Den som det visste."

Det var inte likt John att vara sen till arbetet. Dessutom var det andra morgonen på samma vecka som han inte infunnit sig på utsatt tid.

KOMMISSARIE JOHN Lucas Jr kom in till polisstationen strax efter lunch. Efter att ha uppdaterat sig om det senaste från sina inspektörer satt han mestadels av eftermiddagen inne på sitt kontor. Den reumatiska vålnaden hemsökte hans tankar. Kunde hon vara sann? Var det en vålnad han vaknat upp med? Eller var det ännu en av hans många drömmar? Oavsett så var något väldigt fel.

Namnet Benedict satt som fastljutet i hans minne. Vem var Benedict? Han hade aldrig träffat någon med det namnet. Nu kunde han inte få det ur sina tankar.

Det knackade på dörren och Chelsea stack försiktigt in sitt huvud i dörrspringan.

"Förlåt Kommissarien" sa hon "men vi har lokaliserat Charlie Hawkins."

John nickade.

"Han befinner sig på Västra Centralstationen."

"Ta in honom."

CHARLIE HAWKINS trummade nervöst med fötterna mot det kala golvet inne i förhörsrummet.En man som närmade sig fyrtio. Den en gång så röda kalufsen var nu i övergångsstadiet till något mörkare, något gråare. Men fortsatt lockigt. Han höll det kortklippt. Näsan var det som utmärkte honom. Den var en aning stor i förhållande till det annars så smala ansiktet. Hela han var tanigt byggd och satt nu i en alldeles för stor skjorta till de beigea manchesterbyxorna.

Inspektör Chelsea Summers studerade honom noga från sin plats bakom spegelglaset. Hon skakade lätt på huvudet. Charlie Hawkins såg inte ut som någon stereotyp av mördare. För klen, tänkte hon. Till och med hans rädda ögon vid gripandet hade vittnat om en man helt utan instinkter att mörda. Men visst, mördare av olika skepnad hade hon stött på tidigare. Även dem hon kunnat lägga hela sin lön på inte var kapabel till mord. Hon hade haft fel för.

"Osäker?" frågade Inspektör Billy Henderson.

Han hade stått där en stund. Läst av henne. Han kunde henne. Kände henne. Och faktum var att de båda var lika osäkra inför Charlies skuld.

"Magkänsla" log hon tillbaka. "Men även den mest osannolika kan vara en psykopat", påminde hon sig själv.

Billy nickade. "Ska vi?"

De båda inspektörerna tog plats vid bordet där den nervösa Charlie Hawkins väntade medan John valde att följa samtalet dold bakom det mörka spegelglaset.

Chelsea såg djupt in i Charlies ögon. Hon hade knäppt de översta knapparna på sin röda skjorta och inga bröst kunde längre distrahera männen i rummet. Åtminstone inte med synlig hud. Hon hade aldrig tyckt om att känna sig kvinnlig under förhören och ville inte ge ett sådant intryck under dem. I förhörsrummet var hon likvärd.

"Så" sa Billy med sin mörka stämma. "Snacka."

Charlie såg undrande på dem. Vidöppen mun men inga ljud kom där ur.

"Varför är du här?"

Charlie såg med små ögon på dem. Nedsjunken med de smala armarna liggandes framför sig och fingrarna sammanslingrade. Fötterna fortsatt trummandes mot det gråtråkiga golvet. Han ryckte på axlarna men gav inget svar på Billys fråga.

Chelsea suckade. "Då ska jag berätta för dig. Du är här för att upplysningsvis höras gällande mordet på en Julie Law. Ett mord som ägde rum natten mellan måndag och tisdag. Alltså två dagar sedan. Anledningen till att du är här är för att våra spår har lett oss till dig."

Charlie bara stirrade på henne. Nu med något mer uppspärrade ögon. Hon tog några sekunder på sig för att läsa av honom. Han såg rädd ut, tänkte hon. Och fortfarande framställdes han inte som någon mördare i hennes ögon.

42

"Du förstår att det gör dig het?" inflikade Billy. "Gör dig till vår huvudmisstänkte?"

Charlie skakade på huvudet. "N-n-nej" stammade han. "Varför mig?"

"Tja, enligt vår utredning är du den sista som såg henne vid liv." Billy hade allvar i tonen. "Eller åtminstone den sista som setts tillsammans med henne då hon var vid liv."

Charlies trummande med fötterna blev än mer intensivt och ansiktet tog en aning blekare nyans. Han fortsatte att skaka på huvudet.

"Julies väninna har uppgett att du och Julie Law lämnade Georges Rock Café strax efter midnatt i måndags" fortsatte Chelsea. "Menar du att våra uppgifter inte stämmer?"

"De stämmer nog" svarade Charlie. "Men jag har inte mördat någon."

"Jaså? Så vem mördare henne då?"

Charlie la ansiktet i handflatorna och skakade frustrerat på det orangegråa rufset. "Det vet jag inte?"

"Varför ämnade du inte att dyka upp på din arbetsplats?" frågade Billy och spände ögonen i sitt förhörsoffer men Charlie hann inte svara innan Chelsea avfyrade nästa fråga.

"Och varför hade du köpt dig en enkelbiljett till Stockton?"

Charlie visste inte längre vem av de två inspektörerna han skulle se på. Med flackande blick pendlade pupillerna dem emellan. Han slöt sina ögon och drog ett djupt andetag.

"Ja, vi slog följe hem från puben" sa han slutligen. "Väl där skildes vi åt och..."

"Ni skildes åt?" avbröt Billy honom. "Är du säker på att du vill ge den redogörelsen?"

Charlie tystnade under några sekunder. Små svettpärlor hade samlats på hans höga panna. Eftermiddagssolen stod ännu högt på det ljusblå himlavalvet och sken i små strimlor in genom det lilla fönstret och reflekterade sig i hans panna.

De båda inspektörerna visste om hans lögn. De var mer än förberedda på att syna hans bluffar.

"Du vet" sa Chelsea och lutade sig tillbaka. "Du försvann i måndags och har inte varit i din lägenhet sedan dess." Hon nickade. "Det stämmer, vi har haft span på dig sedan dess." Charlie svalde hårt.

"När vittnen från puben gav ditt namn valde vi att genomföra en husrannsakan." fyllde Billy i. "Vågar du dig på att gissa vad vi fann i ditt hem?" Han log försiktigt. "Några kvalificerade gissningar kanske du har? Va? Inte?"

Från sin dolda position bakom spegelglaset följde John utvecklingen. Han kunde se hur tankarna for runt i Charlies huvud. Vad kunde inspektörerna ha hittat i hans hem? Han kunde se hur Charlie med minnet sökte efter ett svar. Hur mycket visste polisen egentligen? Hur nära var de honom på spåren?

Han hade sett dem alla. De tuffa. De nervösa. De farliga. Lögnare. Bedragare. Rikemansknösar. Medelmåttor. Slödder. De hade alla suttit vid förhörsbordet. Han hade grillat dem alla under sina år. Nu på slutet tyckte han om att överlämna den delen av arbetet till det söta inspektörsparet. Som dock inte var så söta i förhörsrummet.

"Okej" sa Chelsea som slutligen tröttnat på Charlie Hawkins tystnad. "Jag ska berätta för dig, din fega usling till man, exakt vad vi fann i din patetiska lilla ungkarlslya."

Billy hade svårt att dölja sitt leende. Och John log brett bakom glaset. Chelseas glöd som i vanlig ordning tog överhand då hon tröttnat var något som de båda imponerades av. Och ibland skrämdes av för att vara ärliga. De hade absolut respekt för henne när det humöret uppenbarade sig i poliskorridorerna.

Hon placerade en handfull med fotografier framför Charlie tillsammans med de papper som faxats från Kriminallaboratoriet tidigare under morgonen.

"Dina..." sa hon och pekade på en av fotografierna. "... sängkläder som hittades i din tvättkorg." Hon pekade sedan på en av raderna på ett papper bestående av siffror, diagram och formler. "Kroppsvätskor samt DNA från Julie Law hittades på samtliga objekt."

Hon tog en kort paus. Lät Charlie smälta informationen. Lät honom förstå situationens allvar. Sedan tog hon ny sats.

"Även Julie Laws kropp bar på DNA." Hon såg med svarta ögon i hans. "Ditt DNA för att vara mer specifik."

Charlie satt med skräck i blicken. Oförmögen att släppa Chelseas stirrande blick trots det faktum att han kunde känna hur den skar igenom honom. Billy å sin sida log som tidigare.

"Så" sa Billy. "Vill du ändra på din utsaga nu?"

BAKOM SPEGELGLASET följde John resten av förhöret som efter Chelseas utbrott brutit ner Charlie Hawkins nervösa men oärliga fasad. Slutligen hade han berättat om hans och Julies natt tillsammans. Hur han lyckats locka henne med sig henne hem till sig. Om sexakten. Dock nekade han till att ha mördat henne. Chelsea och Billy försökte på bästa sätt pressa honom på detaljerna men där vek han inte en tum.

Efter sexakten hade de delat en flaska vin i sängen. Han hade smuttat på en cigarr och lyssnat till hennes framtidsplaner om vidareutbildningar utomlands. De hade senare fallit i sömn och när han vaknat hade Julie Law redan lämnat hans ungkarlslya. När han sedan hört om det brutala mordet framåt förmiddagen hade han förstått att Lagens långa arm snart skulle komma knackade på hans port. I ren panik hade han ignorerat sitt arbete och bestämt sig för att köpa en enkelbiljett till Stockton där hans mor bodde. Det skulle bara vara tills det att allt lugnat ner sig.

John skakade på huvudet. Nu satt den typen av förhörsoffer där igen. Den dumdristiga sorten. Den kanske vanligaste av dem alla. Just den sorten som genom sitt beteende utmålade sig som mer skyldiga än vad de kanske var. Kanske var det rädslans effekter? Sådant som uppkom när paniken fick överhanden? Hur som så var de väldigt vanligt förekommande. Men när det hela var över var Kommissarie John Lucas Jr lika säker som Inspektör Chelsea Summers.

Charlie Hawkins var ingen mördare.

~NIO~

DE HADE fönsterbordet inne på Forkes. Kronljusens lågor speglade sig i dess glas medan kvällsdunklet föll utanför. Från fönsterplatsen kunde man blicka ut över den gamla teaterns välblommande park. Restaurang Forkes låg en våning upp. En metropol i de dyrare kvarteren. Femstjärnig. Välbesökt. Dyr. Kommissarie John Lucas Jr. var klädd i sin svarta kostym. Han använde den sällan. Endast vid mycket speciella tillfällen. Men kvällen till ära så var detta ett sådant tillfälle. Tillfället hette Rebecca. Rebecca Richards, vilket han nyligen fått vetskapen om. Hon var klädd i en fantastisk röd långklänning. De smala läpparna var målade i körsbärsrött. Och hennes leende kunde få vilken vuxen man som helst att drömma sig iväg till himlaportens vaktande änglar.

Han rätade till den svarta slipsen som vilade ovanpå den vita skjortan medan han funderade över vad Rebecca såg hos honom. Hon var så vacker, han var så vardaglig. Dessutom gissade han att han själv måste vara åtminstone tio år äldre. Dock hade han inte modet att fråga en dam om hennes ålder under den första riktiga dejten. Kanske kunde han be Chelsea lirka det ur henne? Eller spelade det någon roll? De var där tillsammans, det måste väl räcka?

Inspektör Chelsea Summers log mot den fundersamme John, såg sedan på Rebecca och tillbaka på John innan hon gav en snabb blinkning med ögat. Inspektör Billy Henderson var fullt sysselsatt med att läsa menyn samt reflektera över de höga priserna. Han skakade lätt på huvudet och visslade kort. "Ingår det en andelslägenhet till planksteken?" log han skämtsamt mot Chelsea.

Hon i sin tur himlade med ögonen och log. "Så du menar att det finns en prisgräns för vad en kväll med mig är värd?"

Billy höjde ögonbrynen och studerade noga sin sköna bordsdam. Kvällen till ära klädd i en vit klänning som slutade alldeles nedanför knäskålarna. De bara benen och därefter ett par röda sandaletter. Denna vita klänning var inte urringad utan dolde istället den fantastiskt fylliga bysten. De var något hopklämda, tänkte Billy. Inpressade. De såg mindre ut än vad de i själva verket var. Och han om någon var ju hemma på just det området.

Själv hade Billy likt Kommissarien valt sin svarta finkostym. Till den en vit skjorta men han hade valt bort slipsen för att få en mer ledig klädsel. En mer ledig känsla. Håret var bakåtkammat och de blå ögonen glittrade bakom de runda glasögonen. Han var tvungen att använda dem för att kunna läsa menyn.

"Har du bestämt dig?" frågade Chelsea.

Billy nickade. "Plankan." Han lade ner menyn framför sig och såg på de andra. "Vad ska Junior ha då?" Han log medan John sänkte ögonbrynen i ett besvärat ansiktsuttryck. John avskydde verkligen det smeknamnet.

"Det finns så mycket" svarade han medan han ögnade igenom menyns tre sidor. Detta var blott andra gången han gav *Forkes* ett besök. Den gången var det en representativmiddag med stadens Borgmästare då han just tilldelats titeln som Kommissarie. Den här gången var han mer nervös. Han hade aldrig varit särskilt bra på kvinnor. Frånskild sedan tjugo år tillbaka och några barn hade de aldrig fått. Ensam så länge, tänkte han. Hela tjugo år. "Jag tar nog plankan jag med."

Rebecca log mot honom. Bet sig försiktigt i läppen medan hennes blick studerade hans ansikte. Han log tillbaka.

"Så" sa hon. "Junior?"

Hans leende försvann. Billy skrattade försiktigt innan Chelsea gav honom en "sluta-upp-med-det-där"-blick.

John harklade sig. "Jag har haft det smeknamnet sedan barnsben" svarade han. "Min fars namn var John Lucas och jag fick därför namnet John Lucas Jr." Han skakade på huvudet. Rebecca å sin sida lyssnade intresserat medan hon smuttade på det röda vinet. "Jag ville att de skulle kalla mig Johnny" mindes han.

"Johnny?" inflikade Billy och skrattade åter.

"Kan du låta John berätta klart?" sa Chelsea irriterat och puttade lätt på den skrattande inspektören.

"Förlåt" fnissade Billy. "Var snäll och fortsätt."

John tog en rejäl klunk av vinet. "Det lät häftigare." Han ryckte på axlarna. "Men min far sa alltid Junior och det fastnade."

Han avbröts av servitören klädd i svarta kostymbyxor och vit skjorta med en svart väst ovanpå. En näsduk hängde över hans vänstra arm. Håret glänste av vax i kronljusens sken. Efter att de alla beställt in sina rätter bad Rebecca om ursäkt för att besöka damernas. Chelsea gjorde henne sällskap.

"Hon gillar dig" sa Billy då de båda damerna lämnat bordet.

"Hur vet du det?" frågade John och drack ännu en stor klunk av vinet.

Billy ryckte på axlarna och såg sig om i salen. "Det syns, man bara vet."

Han var ingen expert på området. Ingen av de både gentlemännen var det. Chelsea var den som hade kontroll. Han hade egentligen inga bra råd att dela med sig till John.

"Var bara dig själv" sa han tillslut och höjde glaset i en inbjudan till skål. "Resten sköter sig själv." De slog ihop sina glas i en klingande skål. "Annars ordnar Chelsea det."

"Vad pratar ni om?" frågade Chelsea då hon åter satt sig vid bordet.

"Manliga saker" log Billy. "Sport och bilar, du vet."

Chelsea skrattade till. "Jovisst." Hon skakade på huvudet då hon visste att ingen av dem var särskilt intresserade av varken sport, bilar eller teknik. Och var dem intresserade så var de alldeles för otekniska för att engagera sig i det.

Efter att ha avnjutit både förrätter och huvudrätt serverades dem kaffe och småkakor. John passade på att beställa in en tredje vinkaraff till sällskapet.

"Hur är det att arbeta under John?" frågade Rebecca medan hon tog en tugga av en blåbärskaka.

Chelsea sipprade ner klunken med kaffe. "Jo" sa hon och torkade läpparna med servetten. "Det är fantastiskt."

Billy ville hjälpa John på traven hos Rebecca genom att fånga hennes intresse och höja Kommissarien till skyarna.

"Visste du, Rebecca" sa han. "John här är den Kommissarie som har flest lösta mordfall någonsin nere på stationen?"

"Säger du det?" sa Rebecca imponerat och log mot John. "Berätta mer tack."

Chelsea log mot Billy då hon förstod vad han försökte åstadkomma. Han blinkade åt henne och log tillbaka.

"Ja, men på senaste har vi inte haft samma framgång" påminde John dem. "Varken mordet på Roberts eller det senaste på Julie Law är lösta."

Rebecca kunde se att de morden gäckade Kommissarien.

"Jag läste om det i tidningen. Det på Julie Law. Hemskt mord." Hon skakade på huvudet och lade sin hand ovanpå Johns. "Men om det finns någon som kan lösa det så är det ni tre."

John såg ner på hennes hand som vilade ovanpå hans och mötte sedan hennes blick. Han nickade och log. Så kanske det var, tänkte han. Så kan det mycket väl vara.

INSPEKTÖR CHELSEA Summers drog ner dragkedjan på den vita klänningens rygg. Hon lät den glida nerför den späda kroppen och klev ur den. Hon log för sig själv medan hon plockade ur örhängena framför den runda spegeln och placerade dem i sina fack i smyckeskrinet.

"Visst var de fina tillsammans?" sa hon till inspektör Billy Henderson som stökade runt inne i badrummet. "Eller hur?"

"Vad sa du?" ropade han tillbaka och vred av kranen för att höra henne bättre.

"Jo jag sa, visst var de fina tillsammans?"

Billy kom ut från badrummet. "Ja, visst det var de väl." Han drog bort överkastet från den stora dubbelsängen. Väl där lade han sig under det täcket, rätade till kudden under huvudet och studerade sedan Chelsea.

"Väl?" sa hon. "Är det allt du kan säga?" Hon skakade på huvudet. "Jag tycker i alla fall att de såg mycket romantiska ut tillsammans."

Billy svarade henne inte utan studera noga hur hon lät det uppsatta håret falla ur sin tofs och ner över axlarna. Hon rörde huvudet fram och tillbaka så att håret svallade från sida till sida. Reste sig från stolen framför spegeln och knäppte upp BHn som hållit de fasta brösten inklämda i den trånga klänningen. Nu såg de med ens större ut, tänkte Billy och kunde inte låta bli att stirra.

Hon satte knäna mot madrassen, kröp mot honom och grenslade sen hans nakna kropp. Hon böjde sig ner och kysste hans läppar. Han kände hennes värme medan han smekte händerna längst hennes ryggrad. Hon lättade sig ur sitt grepp, rullade av honom, lät trosorna glida nerför de läckra benen och satte sig åter grensle över honom. Hon kunde känna hur han hårdnade under henne. Hon kysste återigen hans läppar, lät sin tunga leka med hans. Stönade smått medan hans händer lekte sig över de känsliga brösten.

Hon lutade sig bakåt, gned sig mot honom och andades tyngre för var smekning han gav henne. Hon smekte sig själv med ena handen och kände samtidigt hur blodet pumpade i hans lem. Han närmade sig nu. Hennes stön förvandlades till ett plötsligt tjut då han stötte in i henne. Pressade sig allt djupare medan bådas andning ökade i takt med upphetsningen.

Hon lutade sig åter fram och svankade i takt med hans stön.

"Jag älskar dig" viskade hon i hans öra.

"Inte så mycket om jag älskar dig" svarade han andfådd tillbaka.

KOMMISSARIE JOHN Lucas Jr stängde dörren till Rosendal Hill. Nöjd med kvällen satt han sig på en stol i hallen och tog av sig de glansiga finskorna. Middagen blev en succé. Visserligen gjorde Rebecca Richards honom inte sällskap till Rosendal Hill, men sex på första dejten var kanske de båda för gamla för. Just ja, tänkte han medan han drog av sig kavajen. Han hade ännu inte lyckats lista ut hur gammal hon var. Och han hade glömt bort att be Chelsea att luska fram det. Inte för att det spelade någon roll tänkte han. Rebecca var en fantastisk person och han trivdes i hennes sällskap. Något annat brydde han sig inte så värst om.

I köket svepte han två glas med iskallt vatten och svalde ner en Aspirin innan han återvände ut i hallen. Väl där snavade han på de gröna stövlarna som han tidigare använt i trädgården. Han hade spolat av dem och ställt dem ovanpå en tidning i hallen för att låta dem torka. Nu glänste de igen och såg nästan nya ut. Han tog upp dem, ställde dem i garderoben och släckte sedan ner nedervåningen innan han besteg den stora trappan till övervåningen.

I sängen dominerade Rebecca hans tankar. Han log för sig själv medan han slöt ögonen. Och för första kvällen på länge somnade han utan att höra ljuden av någon gungstol eller viskande vålnad. Bara rösten av den vackra Rebecca som besökte hans drömmar.

~TIO~

Hon joggade längst stranden, ner mot den upplysta piren. Det var lågvatten och piren kändes högre än hon sett den på länge. Det var tidig timme men hon hade inte kunnat somna om. En joggingtur innan arbetsdagens början hade hon bestämt sig för.

Vinden ven mellan pirens träben och vågorna slog in över strandkanten och drog upp sjötången i den fuktiga sanden. Ett svagt duggregn föll och förvandlade sakta sanden till lera. Allt som hördes var hennes fotsteg mot sanddynan.

Han synade henne en bit därifrån. Dold av mörkret bakom en stenmur följde han henne med blicken.Hon anande honom inte. Full ovetandes om hans närhet kom hon fram till piren. Väl där stannade hon till, andades ut och såg en stund upp mot piren medan hon funderade på att vända om hemåt. Hon hörde honom inte komma.

En hand över hennes mun. Den andra runt hennes midja. Hon försattes i omedelbar chock och fäktade vilt med armarna och stretade mot med benen medan han pressade henne längre ner mot vågorna. Våldsamt slet han henne med sin in under skyddet från piren. Hon bet honom i handen och han tvingades släppa taget om hennes ansikte. Hon hann skrika till innan han åter fick upp handen över hennes läppar.

Hon stretade mot med all sin kraft medan han tvingade ner henne på knä. Vattnet närmade sig ansikte medan han pressade ner henne. Den första vågen slog in och blötte ner hennes träningsbyxor. Hennes händer som höll henne uppe blev alldeles leriga medan de borrade sig djupare ner i sanddynan. Med vettskrämda ögon såg hon skummet från vågen återvända mot havet för att sedan vända med nästa våg. Nu var hennes huvud under den. Hennes hår droppade av vattnet medan vågen vände utåt.

Han tog grepp om hennes midja, lyfte henne så hon tvingades ytterligare några steg ut i vattnet. Återigen fick hon huvudet under vattnet. Denna gång spelade vågorna mindre roll då hon ändå var under vattennivån. Hon lyckades med en sista kraftansträngning få huvudet ovanför ytan, hann med ett sista andetag innan han åter pressade ner henne i det mörka vattnet.

Sekunderna senare gav hon upp. Han kände hur hennes kraft lämnade henne. Han drog hennes avdomnade kropp uppför stranden, lutade henne mot pirens ena ben och studerade en stund de blåfärgade ansiktet som i morgonens första dunkel lyste mer svart än blått. Hennes våta och leriga hår hängde ner över de öppna men livlösa ögonen.

Sedan blickade han bort mot stenmuren där han tidigare gömt sig. Vålnaden stirrade tillbaka på honom med sina kolsvarta ögon och breda leende.

KOMMISSARIE JOHN Lucas Jr reste sig hastigt upp. Svetten rann i pannan och han andades tungt. Återigen hade en dröm väckt honom. Återigen en dröm om mord. Och likt tidigare så kände han en närvaro i rummet. Var det åter någon där med honom? Han blundade hårt medan hans hjärta galopperade i bröstet.

När han åter öppnade ögonen så hörde han det. Vågorna. Kände brisen av sjötång. Han satt alldeles stilla. Bet hårt ihop sina tänder och kände hur en tår föll längst kinden. Inte nu igen? tänkte han. Snälla, inte igen. Nu hörde han henne. Ett kvävt ljud. Som ett stilla rop på hjälp. Han var tvungen att se efter.

Nedanför sängkanten låg hon. En vålnad med blött och lerigt hår stirrade på honom. Liggandes på golvet. Det blåsvarta ansiktet som hade börjat vittra sönder och de öppna livlösa ögonen. Han greps av panik, kastade sig bakåt, mot den lilla sänglampan. Innan han hann tända var hon på hans sida. Sittandes på golvet hade hon sitt ansikte mot hans. Öga mot öga. Han kunde känna hur vattnet från hennes hår droppade ner på hans utsträckta hand. Vålnaden öppnade munnen varpå mer vatten forsade nerför hennes underläpp, nerför hennes haka och vidare ner på sängkanten.

En hes stämma viskade utan att hon för den delen rörde på läpparna.

"Ditt arv" hörde han rösten väsa. "Ditt arv" ekade det vidare i rummet.

Likt senast avslutades det med ett hjärtskärande skrik som fick honom att krampaktigt sluta sina ögon medan han fumlade i mörkret efter bordslampan. Han kände hur vålnadens läppar nuddande hans hand. Sedan smärtan då dennes tänder slöt sig runt hans hand. Han skrek till och drog åter handen till sig.

När han vid andra försöket lyckades tända bordslampan och hans ögon åter öppnats var vålnaden borta. Men på hans vänstra hand fanns dess bitmärken tydligt avbildade. Han andades kraftigt och efter några sekunder föll han in i hysterisk gråt.

Vad fan är det som händer här?

~ELVA~

INSPEKTÖR BILLY Henderson åt frukosten med välbehag. Utvilad satt han i Inspektör Chelsea Summers lilla kök. Doften av stekt bacon, vända ägg och nybryggt kaffe fyllde atmosfären.Innan han somnat kvällen innan var han rädd för konsekvenserna av att mängden vin skulle ha en inverkan på morgonen, men så hade fallet inte blivit. Han kände sig starkare och mer utvilad än på länge.

Kanske berodde detta på att Chelsea för första gången sagt de tre magiska orden kvällen innan. Hon älskade honom, tänkte han medan han hällde upp en påtår av kaffet. Han kände sig varm av tanken. Överväldigad. Som om livets alla pysselbitar börjat falla på plats. Visserligen var de bara i första fasen av förhållandet men nog bådade det gott för framtiden. Han älskade henne, hon älskade honom. Och nog ville han leva resten av sitt liv med en så fantastisk och vacker kvinna som Chelsea.

"Godmorgon" sa hon och slog armarna om honom där hon stod bakom honom. "Vad fint du har gjort." Hon kysste hans kind och tog sedan ner ett fat från porslinsskåpet. "Har du sovit gott?"

Han satt i kalsonger och en t-shirt. Hon dansade runt i köket i en grå morgonrock.

"Bättre än på länge" gav han till svar. "Och du?"

Hon nickade och satt sig ner vid bordet. "Jo tack, som en baby."

De åt bacon, de vändstekta äggen och avnjöt med nypressad juice och nybryggt kaffe och pratade om hur trevlig kvällen innan varit tills dess att telefonsignalen avbröt dem. Chelsea reste sig, gick fram till telefonen och lyfte den.

"Inspektör Summers." Hon tystande en stund. "Okej, jag förstår. Jag kommer omedelbart."

Billy förstod nu att något nytt hade inkommit och vred sig om på stolen.

"Jag ordnar det" fortsatte Chelsea. "Han sover säkert. Jag åker förbi hemma hos honom."

Billy förstod att de hade försökt att nå honom i hans hem, men utan framgång och Chelsea ville inte avslöja deras förhållande.

"Tack." Chelsea lade på luren och såg på Billy. "Vi har ett mord."

KOMMISSARIE JOHN Lucas Jr gnuggade sina trötta ögon. Sittandes i sin Ford intill stenmuren längst stranden. Återigen var det ett mord som han sett tidigare. Sett i sina drömmar. Genom rutan kunde han se samlingen med människor nere vid pirens trästöttor. Poliser. Journalister. Nyfikna från allmänheten. Och liket av en ung kvinna. Troligen dränkt om hans dröm stämde.

Han suckade och såg på sin vänstra hand. Ett vitt bandage dolde bitmärkena han fått från nattens spökbesök. Han skakade på huvudet. Han förstod det inte. Varför hände det honom? Hur kunde det ske? Hur kunde en vålnad, en dröm, lämna sådana spår? Under bandaget sved såren. *Ditt arv.* Orden ekade fortfarande i hans huvud. Vilket jävla arv?

Solen stod redan högt på himlen och sken ner på vattenytan men stranden var fortsatt blöt från nattens regn. Hans steg bildade avtryck efter sig medan han vandrade ner mot folksamlingen. Framme vid avspärrningarna släppte en konstapel fram honom. Inspektör Chelsea Summers mötte honom på den andra sidan.

"God förmiddag, Kommissarien."

John nickade trött till svars. "Vad har vi?" Men han var rädd att han redan visste svaret på sin fråga.

"En Layla Stephens" svarade inspektör Billy Henderson och såg ner i sitt anteckningsblock. "Hittades vid niotiden nu på morgonen."

"Dödsorsaken ska vara dränkning" fortsatte Chelsea. "Någon gång mellan fyra och fem denna morgon."

Chelsea var klädd i en tunn blus till svarta jeans. Billy var ledigt klädd i manchesterbyxor och en uppknäppt skjorta ovanpå ett tajt linne. En solhatt vilade på hans huvud och glasögonen bildade solkatter i sanden där de vilade i hans hand.

John såg på liket.

"Hon har släpas till platsen" fortsatte Billy. "Själva döden inträffade längre ner på stranden." Han pekade på det långa spåret som ledde tio meter ner och försvann i vågorna.

"Inga tydliga tecken på motstånd och inga andra sår." Chelsea ryckte på axlarna. "Men vi vet mer när rättsmedicinska har sin rapport."

John nickade. Den döda Layla Stephens såg precis ut som kvinnan i hans dröm. Samma vidöppna mun. Samma tomma ögon. Håret något torrare men fortsatt lerigt från sanden. Han kliade sig i det alltmer välvuxna skägget och lyfte lätt på hatten.

Denna gång skulle han inte berätta att han återigen sett mordet. Chelsea och Billy skulle ju börja tro att han var galen om han började med sitt Deja Vu prat igen.

"Vem hittade henne?"

"En parkskötare" svarade Billy och pekade mot en man som förhördes av en konstapel längre upp på stranden. "Han städar och sköter om parken intill men brukar även plocka skräp längst stranden någon gång i veckan. Han hittade henne i början av sitt skift."

John nickade. "Okej. Ta fotografier. Be tekniska att skynda på och möt mig sedan vid stationen för en kartläggning."

Inspektörerna nickade.

"Har ni adressen till hennes anhöriga?"

Billy nickade och överlämnade en lapp med noteringar.

"Tack" sa John, vände om och gick åter upp mot sin Ford. Det är fan inte sant detta, tänkte han. Det kan inte vara möjligt?

EFTER ATT ha meddelat Layla Stephens föräldrar den hemska nyheten satt Kommissarie John Lucas Jr vid uteserveringen på fiket Café Blue längst stranden. Bara några hundra meter från den plats där den mördade kvinnan hittats några timmar tidigare. Han var tvungen att rensa huvudet innan han åkte till stationen.

Med en ryckande kopp kaffe och en ostsmörgås såg han bort mot piren. Trots solens varma strålar på det blå himlavalvet såg piren och dess omgivning mörk ut. I hans ögon vilade ett dunkel runt platsen medan bilden från drömmen rullade för hans inre.

Layla Stephens var inte äldre än tjugoett år. Hennes mor hade berättat för John hur hon nyligen flyttat hemifrån. Hur stolt hon var över att just ha avslutat sina studier och att hon efter sommaren skulle börja arbeta på en juridikfirma inne i staden.

Han tog en klunk av kaffet, slöt sina ögon och drog en djup inandning. Kände doften från havet och återigen med viss arom av sjötången. Den senaste tiden var en gåta för honom. Ingenting var normalt. Mer paranormalt. Men John trodde inte på sådant. Han var övertygad om att han fortfarande befann sig i sömn när han sett vålnaderna. Han öppnade ögonen och såg ner på det vita bandaget. Han måste ha bitit sig själv, tänkte han. Någon annan förklaring fanns inte. Inte någon logisk sådan i alla fall.

INNE PÅ stationen var inspektör Billy Henderson i full färd med att uppdatera en tidslinje på en ny tavla. Bredvid tavlan han arbetade med stod tavlan med mordet på Julie Law. Han placerade det sista fotografiet på den mördade Layla Stephens, backade några steg och studerade de båda tavlorna.

Inspektör Chelsea Summers kom in med varsin kopp kaffe, ställde dem på konferensbordet och ställde sig intill Billy.

"Hemska mord" sa hon och suckade. "Undrar om vi hinner med båda samtidigt?"

Billy ryckte på axlarna. Han var inte säker på det. Efter förhöret med älskaren Charlie Hawkins hade spåren i fallet med Julie Lawstannat av. Och det såg inte ljusare ut i det nya fallet med Layla Stephens. Han suckade och satte sig ner på en stol vid bordet, sträckte sig efter en av kopparna och drack en klunk.

"Morden påminner om varandra" sa han och såg på Chelsea som slog sig ner mittemot honom. "Men ändå inte."

"Hur tänker du?"

Han harklade sig. "Båda morden känns hastigt utförda. Som om offren är tagna av slumpen. Inga direkta motiv." Han tog en ny klunk. "Det har de gemensamt. Men sen skiljer de sig åt. Tillvägagångssätten skiljer sig på grund av kniven i det ena och dränkning i det andra."

Chelsea nickade instämmande. "De påminner också om varandra då båda offren är kvinnor. Och det faktum att de båda är unga. Eller ja, *var* unga."

De satt tysta en stund. Chelsea stirrade ner i bordet medan hon fingrade på koppen. Billy såg fundersamt på tavlorna med bilder och tidslinjer.

"Kan det vara samma gärningsman?" frågade han.

"Kanske" svarade Chelsea. "Vad tänker du dig? Början på en seriemördare?"

Billy funderade medan han drog en djup suck.

"Ja, kanske. Eller så är det en fortsättning?"

"En fortsättning?" undrade Chelsea.

Billy ryckte på axlarna. "Vi har ju mord sedan tidigare. Tillexempel mordet på Roberts."

Chelsea såg fundersamt på tavlorna och sedan på Billy.

"Fallet Roberts skiljer sig avsevärt från dessa två." Hon skakade på huvudet. "Och de flesta fallen innan och efter det är uppklarade samt att få av dem har kvinnliga offer."

Billy kliade sig i huvudet. "Det stämmer kanske." Men han var inte nöjd där. Det måste finnas något och kunde de inte finna det inom tidslinjerna på tavlorna så kanske de behövde söka sig längre bakåt. "Kanske om vi söker oss ännu längre tillbaka?"

"Vad då?" Chelsea funderade. "Menar du en copyright-mördare?"

Billy nickade. "Ja, eller någon som aldrig blev dömd." Han såg på henne. "Eller så har en oskyldig person dömts."

"Tror du verkligen det?" frågade Chelsea skeptiskt.

Billy ryckte osäkert på axlarna. "Något säger mig att det är i det förflutna vi ska leta. Jag vill minnas att Junior babblade om att han sett mordet på Julie Law tidigare. Deja Vu eller vad han svamlade om? Kanske minns han något gammalt mord men inte just vilket?"

Chelsea satt tyst en stund men instämde sedan. "Okej, men då gör vi det utan Johns kännedom. Än så länge låter det för långsökt för att lägga ner tid på."

"Gärna för mig" svarade Billy och log.

"Då sätter vi igång då?"

~TOLV~

KOMMISSARIE JOHN Lucas Jr vaknade tidigt. Efter en natt utan några drömmar kände han sig någorlunda utvilad. En stadig frukost bestående av sina vanliga ingredienser bestämde han sig för att polera sin stora kärlek. I garaget stod hon. Med blänkande krom och svart lack. Han log medan han backade ut sin Harley Davidsson, vinklade ut stödet och lät den vila i den tidiga morgonsolen. Han fyllde en hink med vatten, skvätte i någon deciliter med tvättmedel och tog en ny svamp från hyllan. Utanför blötte han upp svampen, lät medlet skumma sig och smekte den sedan över den svarta tanken. Lacken glittrade i solen medan han smekte svampen över styret.

Det var länge sedan han hade kört henne. Han kunde inte minnas när det var. Kanske, tänkte han. Kanske att han skulle ta en tur i eftermiddag om vädret höll i sig? Som han älskade det. Vinden i ansiktet. Känslan av att flyga fram längst de små vägarna vid blommande ängar och porlande bäckar.

Han var så inne i sitt polerande att han inte ägnat morgonen en enda tanke på morden, på spöken eller bitmärket på den vänstra handen. Med en kopp kaffe satt han i skuggan på den breda altanen och såg ner på motorcykeln som glänste i solstrålarna. I just denna sekund lekte livet, tänkte han. Det var precis så här han hade föreställt sig att de skulle bli som pensionär. Men hitintills hade platsen och huset visat sig vara en plåga. I alla fall när det gällde de återkommande hemska drömmarna. Han ville minnas att allt börjat då han flyttat hit.

En röd Cadillac Eldorado skymtade borta på den smala grusvägen. Den fångade genast hans uppmärksamhet. Han kisade och försökte få en glimt av vem föraren var. Han kände inte igen bilen och inte heller kunde han minnas att han kände någon med en Eldorado. Han reste sig och tog några steg nerför trappan.

Eldoradon svängde in på tomten och passerade genom trädateljén. Nu såg han vem som skymtade bakom ratten. Han log medan Rebecca Richards stannade till på gruset framför huset och tog de sista stegen nerför trappan.

"God förmiddag" sa Rebecca genom den nervevade sidorutan efter att hon stängt av motorn. "Fin dag idag." Hon tog av sig solglasögonen och öppnade dörren.

John log. "Ja, det är det verkligen." Han gick fram och gav henne en välkomnande omfamning. "Vad skaffar mig den äran?"

"Jag har en ledig dag" svarade hon. "Jag var nere på stationen för att träffa dig men de sa att du tagit ut en semesterdag."

John nickade. En välbehövlig sådan, tänkte han för sig själv.

"Så då bestämde jag mig för att besöka dig här." Hon log och såg mot huset. "Jag har ju bara hört talas om Rosendal Hill men aldrig sett det i verkligheten."

"Då ska du få det" svarade John och visade henne mot trappan. "Vill du ha kaffe?"

Efter en lång husesyn på samtliga våningar var de åter ute på altanen och avnjöt kaffe till den äppelpaj som Rebecca haft med sig. Hon var ledig klädd i en rödvitprickig klänning och vita sandaletter. Håret var uppsatt i ett rött hårband med en vacker rosett. Han sneglade på henne medan han smakade på pajen. Hon var så vacker. Själv var han klädd i jeans och en urtvättad t-shirt. Han hade nästan aldrig jeans men då han planerat att fixa med motorcykeln och tomten hade han inte brytt sig så mycket om hur han klätt sig på morgonen. Det ångrade han nu när hon var så uppklädd.

"Mycket gott" sa han med paj i hela mungipan.

Hon log och nickade. "Tack." Hon såg på den stora tomten. "Vad vackert du har det här."

Han nickade instämmande och blickade ut över sina ägor. "Då ska du se ut över Mill Lake på kvällskvisten. När solens strålar försvinner bakom skogen och färgar himlen och sjön röd."

Hon log mot honom. "Hoppas jag får det någon kväll."

Det hoppades John också. Han trivdes i hennes sällskap.

"Den är verkligen en pärla" sa han och nickade mot Eldoradon. Han såg bort mot sin gamla Ford och kände för en stund en mindre avundsjuka på Rebeccas röda Cadillac. "Ser verkligen välvårdad ut."

"Den är en pärla."

"Den måste ha kostat en hel del?"

Hon skakade på huvudet. "Inte för mig. Jag ärvde den av min far. Han gick bort i somras."

"Beklagar."

Hon ryckte på axlarna. "Tack, men hans tid var kommen." Hon sipprade på kaffet. "Han blev trots allt åttionio år."

"Du har inga syskon?" undrade han nyfiket.

Hon skakade på huvudet. "Nej, bara jag. Min mor dog för tio år sedan. Efter det var det bara jag och min far." Hon log. "Nu är det bara jag."

John log.

"Eller ja" fortsatte hon. "Jag har en dotter."

"En dotter?"

Hon nickade. "Men hon bor i Stockton." Hon ställde ner kaffekoppen på det lilla runda bordet. "Studerar i medicin."

"Spännande." Han försökte räkna ut i huvudet hur gammal dottern kunde vara men gav ganska snart upp. "Har hon något namn?" Klart hon har, tänkte han. Vilken dum fråga.

"Liza."

Vackert, tänkte John och log.

"Hur är det med dig?" Rebecca hade nu en mer orolig ton. "Hur mår du?"

John satt till en början tyst. Vad menade hon? Han mådde väl bra? Och vad visste hon om det? Så länge hade de inte känt varandra och de hade bara träffats flyktigt några gånger.

63

"Vad menar du?"

Hon ryckte på axlarna och såg honom. "Chelsea sa att du förändrats sedan du flyttat hit." Hon flackade med blicken och såg istället ner i träplankorna. "Jag bara undrar om flytten och de senaste morden kanske tröttat ut dig?"

John hann inte svara innan hon fortsatte.

"Jag vet att vi inte känner varandra tillräckligt ännu men om de andra anar oråd så blir även jag orolig."

"Tack för din omtanke" svarade han och funderade någon sekund. Kanske var han sliten efter flytten? Och att morden skedde i samband med att hans schema redan var fullspäckat? "Men det finns inget att oroa sig för." Han ville absolut inte diskutera några drömmar med henne i detta nu. "Det är nog bara flytten som tagit på krafterna."

Hon log. "Jag finns om du behöver."

"Det vet jag. Han log och tog hennes hand. "Tack!"

ARKIVET NERE i stationens källare var fullpackat med lådor. Gamla fall uppradade på hyllorna. Inspektör Chelsea Summers visste redan från början att de var dåligt organiserade. Hon suckade medan hon bläddrade igenom pärm efter pärm. Jag kommer aldrig att finna något, tänkte hon och stängde ännu en pärm. De hade kommit överrens om att ta ett fall var. Hon skulle hitta något samband med knivmordet på Julie Law. Hitta något som påminde om det. Minsta lilla nål i den gigantiska höstacken.

Inspektör Billy Henderson hade gått för dagen. Han skulle spela poker med sina vänner. Hon log medan hon tänkte på honom. Hon var verkligen kär denna gång och kände att hon äntligen träffat den rätta. Och med sättet han såg på henne så visste hon att det var ömsesidigt.

Hon lutade sig tillbaka i stolen och såg på pärmhögen under den lilla bordslampan. Hur skulle hon hitta något här? Bredvid högen låg ett anteckningsblock där hon noterat de nummer av fall där en kniv används som mordvapen. Det var dussintals. Kanske var det meningslöst? Hon gnuggade sina trötta ögon, tog anteckningsblocket och gick mot en av hyllorna. Eller så var det värt ett försök även fast de trevade efter ett halmstrå?

Hon plockade ner det första numrets låda, ställde den på bordet och kryssade av numret. Hon plockade sedan ner ännu en låda, kryssade numret på anteckningsblocket och tog med sig de båda lådorna. Imorgon skulle hon gå igenom dem. Just nu ville hon bara hem och sova.

REBECCA RICHARDS hade sedan länge lämnat Rosendal Hill. Kommissarie John Lucas Jr satt åter ensam på baksidans altan och blickade ut över den röda Mill Lake. Solen hade just lämnat de sista spåren och försvunnit ner bakom träden. Det var vindstilla och endast ljuden från de lekande syrsorna ljöd genom tystnaden.

Ett glas med Bourbon villade i hans hand. Flaskan stod på bordet. En halv cigarr låg rykandes på askfatet. Han log för sig själv innan han smuttade på glaset. Rebecca hade rätt, tänkte han. Här var verkligen vackert. Han hade inte hunnit med att njuta av det fullt ut. Och när han nu inte besvärats av vålnader och mardrömmar under det senaste dygnet kunde han verkligen njuta av sitt nya boende. Precis så här hade han föreställt sig pensionen.

Han var dock ovetandes om sitt sällskap. Vålnaden stod på balkongen på övervåningen. Endast några meter ovanför honom. Blickandes ut på samma röda sjö. Lyssnandes till samma lekande syrsor. Ikväll skulle han få vara ifred. I natt skulle han få sova ut. Vålnaden log lömskt, gav sjön en sista blick och försvann sedan i dimman som drog in från Mill Lake.

~TRETTON~

INSPEKTÖR CHELSEA Summers skummade igenom den första lådan vid sitt kontorsbord. Ett gammalt fall sedan tjugo år tillbaka. En mördad kvinna. Mordvapnet var visserligen en kniv men efter en timmes bläddrande bland papper insåg hon att fallet inte påminde det minsta om fallet med Julie Law.

Efter att ha hämtat en kopp med nytt kaffe och ätit en smörgås med skinka och hemlagad senap tog hon sig an den andra lådan. Ännu ett knivmord. Ännu ett kvinnligt offer. Men i övrigt fanns inte mycket som påminde om Law. Dessutom hade kvinnan mördats i sitt hem och enligt domen var gärningsmannen en svartsjuk änka som just fått reda på sin avlidne makes hemliga älskarinna.

Intressant läsning, tänkte hon när hon stängt locket på den andra lådan. Men inget av värde. Hon såg på klockan. Snart nio. Billy måste ha tagit sovmorgon? Kanske blev pokerkvällen med vännerna en aning blöt? Inte heller Kommissarien syntes till. Inte skulle han ha två semesterdagar? Hon var osäker. Eller så skulle han det?

Hon reste sig, tog de två lådorna och återvände mot trapphuset. Hon skulle hinna med ett par lådor till innan lunch. En lunch som hon dessutom skulle äta tillsammans med sin far. Medan hon släpade sig nerför trappan till källararkivet tänkte hon på hur längesedan det var som hon träffat sin far. De senaste veckorna hade passerat förbi i all hast med ny romantik, Johns flytt och två nya mord. Men nu skulle hon träffa honom.

Hon skulle till och med ta ut en längre lunch så att de verkligen hann prata. Hon log och funderade på om hon skulle berätta om sitt förhållande med inspektör Henderson?

Arkivet var lika dunkelt, orört och oorganiserat som hon lämnat det kvällen innan. Efter att ha placerat lådorna på sina platser tog hon åter upp anteckningsblocket från bordet, valde två nya nummer och kryssade dem innan hon plockade ner lådorna från sina platser i hyllorna. Hon tog dem med sig upp till sitt kontor och ställde dem på skrivbordet innan hon satte upp håret i en tofs efter att ha irriterat sig på att ha det i ögonen under trappvandringen. Medan hon ändå gjorde ändringar på utseendet så passade hon på att klä av sig skjortan. Hon hängde den på stolsryggen och nöjde sig med att läsa i det vita linne hon haft inunder.

Efter en och en halv timme visade det sig att även denna lådas fall inte kunde kopplas samman med Law. Hon skakade på huvudet medan hon lade tillbaka dokumenten och förslöt lådan på nytt. Människan är en hemsk varelse, tänkte hon och föreställde sig hur offret måste ha skrikit ut sin smärta i skär rädsla då knivhugg efter knivhugg punkterat hennes kropp. Vidrigt. Vi är visst inte mer än djur.

Hon såg på klockan. Redan kvart i tolv? Hon lyfte på luren på kontorstelefonen och slog numret. Efter bara två signaler svarade hennes far.

"Hej, pappa. Det är jag." Hon lutade sig tillbaka i kontorsstolen och kände stelheten i nacken efter att ha suttit nedsjunken i läsning hela förmiddagen. "Är du redo för lunch? Utmärkt." Hon såg på klockan. "Absolut, jag kan vara där då." Hon reste sig. "Då ses vi snart. Hej då." Hon lade på luren och tog åter på sig sin skjorta.

Varken Billy eller John hade dykt upp än. Hon såg sig om på den nästintill tomma avdelningen. Endast receptionisten Edna Walters och några lunchande konstaplar.

"Jag tar lunch" log hon mot Edna. "Om kommissarien skulle behaga att dyka upp."

RAYMOND SUMMERS satt redan vid bordet då hans dotter kom till Restaurang Bella Donna. En trevlig spansk restaurang som hennes far tyckte var den bästa i hela staden. Det var alltid där de träffades för sina gemensamma luncher. Han hade valt ett av borden vid uteserveringen.

"Hej" sa hon, sköt ut stolen, hängde väskan över dess rygg och slog sig ner vid det runda lilla bordet med en grön duk ovanpå.

"Hej lilla ängel" svarade hennes far och log sitt bredaste leende.

"Väntat länge?" Hon såg på den öl som han redan hunnit beställa.

Han skakade på huvudet. "Nej, men man blir törstig i denna värme."

Hon nickade instämmande. Vädret var verkligen fantastiskt. I flera dagar hade solens strålar gassat varma över staden. Ett mindre regn hade fallit under den natt då Layla Stephen mördats men sedan dess hade solen dominerat. Dagen till ära syntes inte ett enda moln på himlen.

Hon lade ifrån sig solglasögonen framför sig på bordet och log mot sin far. Han såg kry ut. Håret var fortsatt rufsigt i samma mörkbruna nyans. Skägget lika vältrimmat som vanligt. Man kunde verkligen inte tro att denna man nyligen fyllt femtio.

"Så" sa hon. "Hur mår du?"

Han nickade medan han fuktade strupen med en god klunk av ölen. "Jo tack, det kunde inte vara bättre. Hur mår min lilla prinsessa?"

Hon log. Hon älskade hur han fortfarande behandlade henne som sin lilla flicka. Antog att hon troligen alltid skulle ses som just det.

"Jag mår bra." Hon rättade till skjortan ovanpå sitt vita linne.

En servitör med stor grå mustasch kom fram, hälsade dem välkomna och tog dessutom hand med Raymond då han var något av en stamgäst. Efter ytterligare några artighetsfraser fick de beställa. Raymond tog den vanliga paellan medan Chelsea tog dagens rätt bestående av skaldjur i olivolja och vitlök.

Servitören lämnade en korg med nybakat bröd innan han försvann för att hämta Chelseas ett glas av Husets Vita.

"Så" log hennes far. "Uppdatera mig på det senaste."

Chelsea funderade. Var skulle hon börja? På den senaste tiden hade det hänt så mycket.

"Jag har läst om morden" sa hennes far innan hon hann med att välja vart hon skulle börja. "Hemska. Och så unga."

Chelsea nickade. "Två mord på en vecka. Jag har en känsla av att vi kommer vara hårt belastade under en tid framöver." Hon smuttade på vinet. "Vi har ingenting att gå på. Inte minsta spår."

Raymond kunde se på sin dotter att hon var tagen av morden. Han log snett och såg oroligt på henne.

"Hur tar du det? Jag menar med så unga offer och båda kvinnor."

"Ja." Hon rykte på axlarna. "Det är tufft. Svårt att se dem ligga där. Man tänker på att de måste ha haft drömmar, framtidsplaner. Allt det där." Hon skakade på huvudet. "Plötslig är det bara borta."

Raymond nickade. Servitören kom ut med tallrikarna och placerade den väldoftande lunchen framför dem. Först när Chelsea kände aromen från de friterade räkorna insåg hon hur hungrig hon egentligen var.

"Mm, det ser ljuvligt ut." Hon smakade på en räka, slöt sina ögon och njöt av vitlöken som lekte med hennes smaklökar. "Fantastiskt."

Mellan räkorna och brödbitarna berättade hon om sin nya romans med Inspektör Billy Henderson. Hon såg hur sin far sken upp och lyssnade intresserat till nyheten. Hon förklarade hur deras romans växt fram under arbetets gång. Hur Billy fick henne att känna saker hon aldrig känt förut. Se saker hon aldrig sett förut. Hon kunde se glädjen i sin fars ögon. Och han kunde se glädjen i sin lilla prinsessas glittrande blå ögon.

KOMMISSARIE JOHN Lucas Jr vaknade utvilad för andra morgonen i rad. Han sträckte sig efter sitt armbandsur. Tolv? Han gnuggade ögonen. Hade han sovit till tolv? Solstrålarna dansade på väggen ovanför sängen. Han kunde höra fåglarnas sång utanför fönstret. Han knöt händerna bakom huvudet och drog sig en stund i sängen.

Undrar hur det går för inspektörerna? Han stirrade upp i det vita taket medan hans tankar vandrade iväg till de två morden. Varför hade han sett dem i sina drömmar? Under sina år i tjänsten hade han aldrig drömt om ett pågående fall. Inte ens fallet Roberts. Kunde det ha med hans stundande pension att göra? Nej. Han skakade på huvudet. Det stämde inte in med de vålnader han sedan sett. Inte heller med gungstolen på övervåningen. Kanske skulle han göra sig av med den? Det kunde lösa åtminstone det problemet.

Han bestämde sig för att äta en bit mat och sedan åka in till stationen för att få en uppdatering runt de senaste i utredningarna. Gungstolen skulle han ta i tu med under kvällningen.

RAYMOND SUMMERS såg fundersamt på sin dotter medan de avnjöt kaffe i middagssolen. Staden ljöd av liv och rörelse. Bilar passerade utanför serveringen. Människor vandrade gata upp och gata ner, lättklädda i värmen och njöt av de små briserna som drog in från hamnen. Chelsea såg på sin far, spände ögonen i honom och ställde ner koppen på bordet.

"Vad har du på hjärtat?" frågade hon. "Du ser fundersam ut."

Raymond fingrade på koppen och log mot henne. "Nej, det är inget särskilt." Han harklade sig och såg på en förbipasserande dam. "Jag bara tänkte på mordet."

"Vilket mord?"

"Det första mordet. Det som skedde i parken."

Chelsea nickade. "Vad är det med det?"

"Jag vet inte" började han och skakade på huvudet. "Jag tror att jag hört om ett liknande mord tidigare."

Chelsea såg intresserat på sin far. "Jasså?"

"Jag vill minnas att din farfar berättade om ett mord."

Hon lutade sig tillbaka i stolen och tog åter till sig koppen. Hon mindes sin farfar svagt. Han var under sin levnad polis.

70

Faktiskt på samma distrikt som hon själv. Det var hans berättelser som när hon var liten fick henne att intressera sig för polisyrket. Han dog när hon var sju år gammal.

"Vad för mord?" Hon drack ännu en klunk.

Raymond berättade hur han som tioåring hörde fadern tala om ett mord med modern under en frukost. Han mindes just detta mord på grund av de hemska detaljerna. En kvinna som blivit brutalt knivmördad i utkanten av staden, som på den tiden var mycket mindre än idag. Han ville minnas att kvinnas buk skurits upp och att faderns berättelse gett honom flera nätters mardrömmar.

"Minns du något namn?"

Raymond satt tyst en stund och drog en stilla suck. "Det enda jag kommer att tänka på är namnet Carson." Han ryckte på axlarna. "Jag tror hon hette Carson."

Chelsea nickade. Kan det ha varit därför som Kommissarie Lucas Jr påstog sig ha sett mordet tidigare? Var det därför han talat om Deja Vu?

"Det måste ha stått i varenda tidning" sa fadern. "Hur som helst, mordet under veckan påminde mig om det där hemska mordet din farfar utredde på sin tid."

Chelsea nickade. Det är långsökt, tänkte hon. Men kan vara värt att studera.

NÄR INSPEKTÖR Chelsea Summers återvände till stationen efter lunchen med sin far hade Kommissarie John Lucas Jr anlänt till stationen. Han satt inne på sitt kontor. Även Inspektör Billy Henderson var inställd i tjänst. Chelsea såg på honom där han satt framför tavlorna med fotografier och tidslinjer. Solglasögonen som fortfarande vilade på hans nästipp avslöjade att gårdagskvällen blivit blötare än förväntat. Hon log medan hon gick in i konferensrummet.

"Tuff natt?"

Hans skjorta var slarvigt knäppt. Inte heller var det struken. Han hade lämnat hängslena hemma och det såg ut som om han precis kommit från pokerkvällen. Han nickade till svars.

"Något nytt här?" frågade han och sträckte sig med darrig hand efter kaffet.

Hon slog sig ner på en stol. "Förutom att våran grupp gått från tre till en?" Hon log. "Jag har inte hittat någonting men samtidigt har jag bara gått igenom ett fåtal tidigare fall."

Han suckade och tog en klunk ur koppen samtidigt som John kom in i rummet.

"Tekniska har skickat en rapport på fotavtrycken" sa han utan att hälsa på dem och skrev numret fyrtiotvå intill bilden på fotavtrycken i sanddynan. "Så vi kan nu utgå från att gärningsmannen är man."

"Perfekt" mumlade Billy. "Det betyder att vi med lite tur har halverat antalet misstänkta då." Han ställde koppen framför sig. "Det bor elvatusen män i staden. Kanske tusen till om man räknar turister och de på resande fot."

"Och fyrtiotvå i skostorlek är den vanligaste manliga storleken. Om vi räknar bort barn och de som inte har den storleken hamnar vi på kanske mellan fyra och femtusen misstänkta."

John nickade. Det var ett halmstrå men de var tvungna att gripa efter alla ledtrådar de kunde. Hanslog sig ner vid bordet och lade den bruna hatten framför sig.

"Något mer?" frågade Billy.

"Ja" svarade John och läste innantill i det fax han fått. "Av mönstret på avtrycken att döma så pekar det på att gärningsmannen haft någon form av stövlar på sig. De jämför just nu olika märken. Men det rör sig inte om några skor eller sandaler."

"Hur mycket av platsen rörde Parkskötaren?" undrade Chelsea. "Kan hans fotspår ha hamnat där?"

Billy skakade på huvudet. "När jag kom till platsen var gärningsmannens fotspår och Parkskötarens spår väl avskilda."

"Okej."

"Dessutom städade han stranden barfota."

"Barfota?"

"Ja." Billy ryckte på axlarna. "Han ville väl njuta medan han arbetade?"

De satt tysta en stund och studerade tavlorna. Det fanns så många likheter. Kvinnor. Åldern. Att det skett på natten. Brutaliteten. Avlägsenheten. Samtidigt fanns ingen gemensam nämnare att gå på. Inget motiv. Ingenting.

"Vi arbetar vidare" sa John och reste sig. "Någonstans finns ledtrådar som för oss vidare.

~FJORTON~

NU SKULLE den ut ur huset. Med bestämda steg gick Kommissarie John Lucas Jr uppför trappen till vindsvåningen. Det hade blivit kväll och solen var på väg ner bakom skogarna runt Mill Lake. I ljuset från det stora fönstret uppenbarade den sig för honom. Gungstolen. Den knarrande gungstolen som hållit honom vaken så många nätter. Nu skulle den ut.

Han tog tag i gungstolens armstöd. Det smärtade till i handen där såret från bettet blivit infekterat. Han såg ner på bandaget. Hur var det möjligt? Under ett svagt ögonblick hade han tänkt rättsläkaren jämför hans tänder med bettet för att se om teorin med att han bitit sig själv stämde. Men vad skulle han säga? Hur skulle han ha förklarat sig om det visat sig vara någon annans tandavtryck? Han valde tillslut att inte berätta för någon.

Han släpade den gamla gungstolen nedför trappen och ut i korridoren på övervåningen, vidare nerför den stora halltrappen och torkade sedan svetten ur pannan. Han såg på den medan han kavlade upp ärmarna på skjortan än mer. Vad skulle han göra av den? Slå sönder den? Elda upp den? Han funderade en stund. Kanske var det bäst? Han ville aldrig mer se den.

När den väl stod på gruset nedanför verandan hämtade han en slägga ifrån garaget. Medan solen försvann ner bakom trädtopparna gick han loss på den gamla gungstolen tills dess att endast vedflisor återstod. Därefter samlade han ihop flisorna i en hög, hämtade en dunk med diesel från garaget, spred det över högen och tände på. Medan flammorna och små glödbitar dansade upp mot skyn satt han på verandan med en kall öl.

Vad det över nu? Han satt tyst och spanade på elden. Var han verkligen så vidskeplig? Så skrockfull att han nu bränt en gammal gungstol för att jaga ut demoner och vålnader från sitt hus? Han skakade på huvudet och fuktade strupen med den kalla ölen. Dessutom hade han inte drömt eller sett något övernaturligt de senaste nätterna.

Han hade drömt om denna plats så länge. Arbetat flertalet timmar övertid. Sparat och sparat och aldrig unnat sig något överflödigt. Allt för att kunna köpa Rosendal Hill. Drömmarnas hus som det kallades av folk inne i staden. Nu var det hans och inget skulle få honom därifrån. Inte ens någon gammal reumatisk vålnad, tänkte han. Över min döda kropp.

INSPEKTÖR CHELSEA Summers satt återigen på sitt kontor på stationens avdelning. Skummandes igenom ännu en låda av ett gammalt fall. En mördad kvinna. Flertalet knivhugg. Brutalt mördad och lämnat åt sitt öde i en av parkerna.Hon förundrades över hur lite information som fanns om fallen. Hur slarviga rapporterna var skrivna. Särskilt de äldre fallen. De från tidigt nittonhundratal. Hon skakade på huvudet och stängde locket till lådan, ställde den på golvet och lyfte upp nästa.

Hon plockade upp dokumenten och några fotografier, spred dem framför sig på skrivbordet, tog ett av dem och lutade sig tillbaka i stolen medan hon kastade upp fötterna på bordskivan. Knivmord. Kvinnligt offer. Hon blickade på fotografiet av offret på bordet. Så många människor som mördats här i staden.

Utanför stationen var gatorna lugna. Solen hade lämnat himlen och dunklet vilade över staden. Enstaka bilar passerade utanför men i övrigt hördes fåtalet ljud. Det var vindstilla. Kyrkstapelns klockspel slog sina elva slag för att påvisa slagen timma och Chelsea suckade trött medan den sista klangen ekade ut över staden.

Inne på sitt kontorsrum ögnade även Inspektör Billy Henderson igenom lådor med gamla fall. Han letade efter ett samband med fallet Layla Stephens, kvinnan som för två dygn sedan dränkts under piren vid Sun Beachs strand. Han hade visserligen ett mindre arbete framför sig då dränkning inte var lika vanligt som knivmord. Fyra lådor stod travade på golvet medan den femte stod på skrivbordsskivan. En liten bordslampa lyste ner över dokumenten. Han suckade och skakade på huvudet.

Var det kanske dött lopp? Kanske var hans idé om äldre fall verkligen en nål i en höstack? Han hade varit så fast i Johns prat om Deja Vu att det var det enda han kunde tänka på just nu. John måste ha tänkt på ett äldre mord. Ett mord han antingen utrett eller fått kännedom om på annat sätt. Billy bara visste det. Han hade sett det i Johns ögon den där morgonen i parken. Han packade ner dokumenten i lådan igen, ställde den på golvet och tog upp nästa.

Fall #32653. Han lyfte på locket och plockade upp ett svartvit fotografi på en vacker ung kvinna. Han studerade noga fotot och vände sedan upp och ner på lådan så att samtliga bilder och dokument spred sig huller om buller under det lilla lampskenet.

"Judy Steele" mumlade han för sig själv. "Vad har du att bjuda på?"

Dokumenten avslöjade att den unga Judy Steele, född 1890, var en ung studerande sjuksköterska som kom från en familj i de då nybyggda delarna av Gamla Stan. Morgonen den tjugonde september 1910 hittades hon av brevbäraren Roy Sanders. Någon hade dränkt henne i torgets fontän och lämnat henne sittandes men livlös mot den gamla Soldatstatyn. Hon blev blott tjugo år.

Billy såg på de gamla svartvita fotografierna av brottsplatsen. Liket vilandes mot den gamla statyn. Den fanns fortfarande kvar i staden. Likaså fontänen. Dygnet runt porlade vattnet ur den i det som idag kallades för Gamla Stan. I korsningen av Regent Street och Capital Street. Han läste vidare i utredningen. Det saknades vittnet. Det saknades motiv. Men det fanns en gärningsman.

När kyrkstapelns klockspel påvisade att midnatt passerats med en timma hade Billy läst igenom samtliga fem fall om

76

dränkningar av kvinnor. Trött gnuggade han ögonen och blickade ut från kontoret. Det lyste fortfarande inne hos Chelsea.

Det får räcka för nu, tänkte han, reste sig och släckte den lilla bordslampan.

"Hej." Han knackade försiktigt på dörrkarmen. "Hur går det för dig?"

Chelsea ryckte till där hon bläddrade igenom ännu ett knivmordsfall medan Billy slog sig ner på besöksstolen. Hon skakade på huvudet.

"Jag vet inte" blev hennes svar. "Det är för många fall och för lite att gå på." Hon dolde en gäspning i handflatan. "Du då? Hittat nått?"

Han ryckte på axlarna. "Kanske. Men jag vet inte? Det påminner om fallet med Stephens men är dåligt detaljerat."

Chelsea lutade sig tillbaka och suckade. "Så vi har ingenting?"

"Nej, men fallet påminde väldigt mycket om det. Kvinnan dränktes i fontänen på torget i Gamla Stan. Gärningsmannen ska sedan ha lutat henne mot Soldatstatyn innan han lämnade platsen. Precis så som vår gärningsman lämnade Stephens vilande mot pirens pelare."

Torget, tänkte Chelsea. Vad hemskt. Där hade hon många gånger strosat runt.

"När var detta?"

"1910."

Hon drog ett djupt andetag och knakade den stela nacken. "Löste man fallet?"

"Oklart. Men man hade en misstänkt som av någon anledning aldrig hördes. En James Carson."

Chelsea satte sig raklång. Carson?

"Sa du Carson?"

Billy nickade och såg fundersamt på henne. "Hurså?"

Carson? tänkte hon. Var det inte det namn som hennes far nämnt under deras lunch? Billy såg fortsatt undrande på henne.

"Pappa pratade om ett mord idag när vi lunchade."

"Har du ätit lunch med din far?"

77

"Ja och han berättade om ett fall som min farfar talat om. Det ska ha skett när min far var ung. Han trodde att han var runt tio år. Och han mindes namnet Carson."

"Okej" sa Billy. "Då har vi kanske något att gå på." Han reste sig upp. "Men kan vi börja med det imorgon? Klockan är över ett."

Hon nickade och reste sig hon med. James Carson? Kanske var det något på spåren?

KOMMISSARIE JOHN Lucas Jr stängde entrédörren till Rosendal Hill. Elden hade sedan länge brunnit ut och ölen var slut. Han hade slumrat till ute på verandan och sovit någon timma eller två. Han förseglade dörren och slog på larmet. Yrvaket tog han sig uppför den stora trappan till övervåningen, in i sovrummet och lade sig bekvämt under täcket.

Han såg på sitt armbandsur. Kvart över ett. Några timmars sömn, sen skulle han upp till arbetet. Innan han hann släcka lampan på nattduksbordet hade han redan fallit i sömn.

~FEMTON~

Morgontimman var kommen och hon låste dörren efter sig för att påbörja sin tidningsrunda. Hon klev de tre stegen nerför trappan och fram till sin cykel. Det var ännu mörkt och området var nedsläckt och sömnens tystnad vilade över staden. Hon styrde ut cykeln från tomten och vidare ut på trottoaren.

Han bevakade henne från avstånd. Dold av grannens midjehöga häck. Svarta ögon följde hennes steg. Hon var nära nu. Hon skulle just hoppa upp på sadeln då han slog till. Utan att hon anade kom han upp jämsides, slet tag i henne. Han fick ner henne på marken. Hon kämpade medan han med en kvick rörelse satte handen över hennes mun. I fallet hade hon slagit i armbågen och huvudet och hon blödde kraftigt från ett sår ovanför ögonbrynet.

Han slet fram en bit taggtråd. Fumlade med det i sin högra hand medan den vänstra höll ett stadigt grepp över hennes mun. Tillslut fick han kontroll på tråden, förde den under hennes haka och greppade tag om det på den andra sidan då han släppt hennes mun. Hon hann ge ifrån sig ett gällt skrik innan han spände tråden mot hennes strupe.

Han satte sig grensle över hennes rygg och drog taggtråden mot sig. Spände musklerna och drog än hårdare. Hon fäktade vilt med armarna framför sig, slog med handen mot hans knä men inget av försöken fick honom att släppa sitt tag. Tillslut kände han hur kraften hos henne försvann. Taggtråden revade de svarta skinnhandskarna. Sekunderna senare föll hennes kropp i dvala. Han lättade på trycket och hennes huvud föll med ansiktet mot den grusiga asfalten. Hennes liv var släckt.

Han släppte taggtråden och blickade bort mot andra sidan gatan. Under skenet från en gatulyckta stod vålnaden med sitt blodiga leende och iskalla ögon.

KOMMISSARIE JOHN Lucas Jr flög upp i sängen. Raklång satt han och blickade ut i mörkret i sovrummet. Det händer igen, tänkte han och andades kraftigt. Han såg sig om i mörkret som om han redan listat ut vad som komma skulle. En ny vålnad? Han visste att något skulle ske.

Och varför var rummet släckt? Han hade ju somnat med lampan tänd. Eller hade han inte det? Han skakade på huvudet medan svetten forsade nerför hans panna. Sträckte sig efter lampan på nattduksbordet. I samma sekund hörde han det. Han stannade upp och vände blicken mot dörren. Det knarrade. Han kisade och försökte vänja sig vid mörkret.

Den knarrande dörren öppnade sig. Han kunde urskilja hur den sköts åt sidan. Så upphörde knarrandet. Han slöt sina ögon hårt och svalde en klump av ångest och rädsla. Sekunder av tystnade passerade. Han inväntade att något skulle ske. En röst. Ett skrik. En smekning. Vad som helst. Men det blev bara tystnad. Tillslut öppnade han åter sina ögon.

Hon stirrade på honom från dörröppningen. Lade huvudet på sned och spärrade upp de svarta ögonen. Sedan kom hon närmare. Hon tog inga steg. Benen rörde sig inte. Hon flöt över golvet, utan att nudda vid dess yta. Ovanför hennes ena ögonbryn kunde han nu se det ruttnande såret med torkat blod runtom. Runt hennes hals hängde taggtråden, djupt inpressad i hennes strupe med köttiga sår.

Hon stannade till men släppte inte hans blick. Huvudet böjdes från sida till sida medan hon sakta öppnade munnen. Återigen hörde han den väsande rösten eka ut i mörkret men hennes läppar rörde sig aldrig.

"Blod... Arv..."

Så det avslutande hjärtskärande skriket som fick honom att sluta sina ögon i samma ögonblick som vålnaden kastade sig emot honom. Han kände kylan då den träffade honom. Som fuktig luft. En lätt regndimma mot hans ansikte och de nakna armarna han höll framför sig som skydd. När han åter öppnade sina ögon och tände den lilla lampan så var hon borta.

Någon har dött igen, tänkte han

~SEXTON~

KOMMISSARIE JOHN Lucas Jr kunde inte ha haft mer rätt. Ännu ett mord hade ägt rum under nattens morgontimmar. Samtalet till Inspektör Chelsea Summers hade inkommit något efter fem på morgonen. Nu stod hon där tillsammans med Inspektör Billy Henderson. De hade inte hunnit mer än hem från stationen, lagt sig i sängen och sovit blott tre timmar. Med en varsin pappmugg med kaffe från snabbkiosken intill såg de bestört på offret som låg framför dem på trottoarkanten.

"Jag finner inte ord" sa Chelsea och kunde inte låta bli att låta en tår falla för kinden.

Billy nickade instämmande. Morden blev bara mer brutala. Och likt de andra morden väntade han sig inte att de skulle ha mycket att gå på. Mannen som ringt in larmet var en granne som upptäckt liket då han skulle hämta in sin morgontidning.

Chelsea skakade på huvudet. Hon visste inte hur mycket längre hon skulle orka. De brukade ha ett mord per månad. Oftast något slarvigt utfört maffiamord eller familjefejd som spårat ur. Nu var det tre mord på bara några dagar. Alla utförda på försvarslösa unga kvinnor. Det var hennes största prövning hittills. Och hon gillade det inte.

Konstaplar hade spärrat av gatan och eskorterat de boende på gatan till ett närliggande hotell. Offret låg kvar på marken. Täckt med ett vitt skynke medan rättstekniska undersökte kroppen. Chelsea hade bara sett liket i all hast. Det hon såg gav henne kväljningar och hon bad Billy ursäkta henne men hon kunde bara inte se på det mer. Ett sår ovanför det högra ögonbrynet. Runt halsen hade gärningsmannen virat en taggtråd. En taggtråd som han sedan strypt henne med. I alla fall som det verkade nu, om inte rättstekniska kom med några nya uppgifter.

Hon bar sin postuniform och bredvid henne låg en av postverkets cyklar. Det tydde på att hon var på väg för att påbörja en ny arbetsdag då hon överfölls. En bit bort stod hennes man. Han dolde sina tårar i famnen på en kvinnlig konstapel. Tidigare hade han varit hysterisk men hade nu börjat lugna ner sig. Chelsea skakade på huvudet. Hon kunde inte ens föreställa sig den situation mannen befann sig i. Den sorgen. Och på detta hemska sätt.

"Vi åker till stationen" sa Billy.

De båda kände sig nedstämda och på platsen hade de sett vad de behövde. Fotografier och rapporter skulle de få nere på stationen. De hade redan den information de behövde för att påbörja en tidslinje. Ytterligare en tavla, tänkte Chelsea. Vi har inte ens klarat av de första två.

"Ja." Hon vände om. "Vi kan invänta John." Hon drog en djup suck och blickade upp mot den molnfyllda himlen. "Var är han förresten?"

Billy ryckte axlarna och lyfte på avspärrningen åt henne. "Kommissarien har börjat slarva på sistone." Han såg fundersamt på folket runt omkring dem. "En gång i tiden var han alltid bland de första på plats." Han skakade på huvudet. "Men sedan flytten till Rosendal har han börjat komma senare och senare."

Det stämmer, tänkte Chelsea och fick den där underliga känslan igen. Rosendal Hill.

KOMMISSARIE JOHN Lucas Jr klev i sina tofflor, svepte en morgonrock runt sig och gick nerför trappan till nedervåningen. Efter morgonens mardröm och besök av ännu en vålnad hade han av utmattning fallit i sömn. Med släpande steg lämnade han det sista trappsteget, klev ut på det nyslipade trägolvet i den stora hallen. Där blev han stillastående. Stirrandes. Ytterdörren var öppen. Hur? Han såg sig kvick omkring i hallen. Han hade ju förseglat dörren när han klev in på kvällen. Han visste att han slagit på larmet innan han gått till sängs. Hur? Hade han haft inbrott? En kall kår spred sig längst hans ryggrad och reste håren i nacken. Fanns tjuven kvar i huset?

Han tog några hastiga steg över golvet, fram till hallbyrån och tog fram sitt tjänstevapen. Han släppte på säkringen och höll den framför sig medan han sökte igenom hallens samtliga vrår. Vidare in i köket.Förbi köksön. Inte en själ fanns närvarande.

Efter att ha sökt igenom husets alla gömmor och skrymslen befann han sig åter i köket. Han skakad på huvudet, säkrade pistolen och lade den på köksön innan han lutade sig mot köksbordet. Han såg en stund ut på den disiga himlen, såg träden böja sig för vindens magiska kraft. Vad är det som händer? Hade han tappat förståndet? Han var så säker på att han låst dörren. Kunde en vålnad öppna dörrar? Han skakade åter på huvudet och suckade.

Och nu trodde han uppenbarligen på spöken också?

PÅ STATIONEN var stämningen dämpad. Inspektör Chelsea Summers satt med tungt huvud vid konferensbordet. Djupt försjunken i sina tankar. Inspektör Billy Henderson ställde en kopp med rykande te på bordsskivan framför henne, rörde försiktigt om med skeden och klappade henne sedan öm på axeln. Hon såg på honom och log för hans omtanke.

"Vi tar den jäveln" tröstade han henne. "Vi ska bara hitta den där ledtråden."

Han satte sig ner på en stol intill henne, smekte henne lätt över ryggen medan han tog en klunk kaffe. Utanför hade vinden ökat i kraft och ven med ett visslande ljud förbi stationens fönster. Morgonnyheterna hade utlovat en mindre storm och för var timme hade vinden vuxit sig mäktigare.

"Men från och med nu låter jag dig inte vara ensam." Han såg på hennes blick att hon inte tyckte om vad hon hörde.

"Jag förstår din omtanke men..."

"Inga men" avbröt han henne. "Jag vet. Du är en tränad polis, en stark och självständig kvinna men..." Han skakade på huvudet. "Det som händer där ute är allvarligt."

Hon såg åter ner i bordet. Han hade rätt.

"Och tanken på att hitta dig sådär en morgon." Han pekade mot tavlorna och såg sedan sorgset på henne. "Den tanken tar kål på mig."

Hon log och lutade sig in för en kram. "Jag förstår."

Kommissarie John Lucas Jr äntrade stationen. Med kavajen hängande över armen och med slipsen slarvigt knuten om halsen skyndade han igenom korridoren och in på sitt kontor. Några sekunder passerade innan han åter kom ut och gick vidare till kaffebryggaren. Han kände efter med handen mot kannan då han upptäckte att bryggarens timer slagits av. Det var ljummet men han mäktade inte med att brygga nytt. Det ljumna kaffet fick duga. Med kaffet i ena handen och med ett anteckningsblock i andra hälsade han dem andra med en nickning medan han slog sig ner vid konferensbordet.

"Ursäkta att jag dröjt" inledde han och svalde motvilligt ner kaffet. "Berätta."

Chelsea kände inte för att tala och överlät informationsflödet till Billy.

"Annie Diaz" började Billy och pekade på den tredje och senast iordninggjorda tavlan. "Tjugosex år gammal. Hittades vid halv fem tiden denna morgon utav en granne. Hon mördades utanför sitt hem då hon var på väg för att påbörja sitt skift."

John såg på de få men hemska fotografierna av en uppsliten hals. En taggtråd var lindad runt hennes strupe och ansiktet hade antagit en blå nyans. Han slöt sina ögon. Precis som i drömmen, tänkte han. Återigen en kvinna från hans drömmar.

"Som du ser så är tillvägagångssättet väldigt brutalt." fortsatte Billy. "Hon har ett sår ovanför ögonbrynet, troligen från ett fall mot marken och linan... eller taggtråden som används är på fem centimeter i diameter."

Fotografierna var hemska. Gärningen var vedervärdig.

"Dödsorsaken enligt tekniskas första rapportering ska vara kvävning. Huvudpulsådern ska inte ha skadats men offret har förlorat mycket blod." Billy harklade sig. "Som du kan se på dessa bilder."

John såg på inspektörerna. "Några vittnen."

De båda skakade på huvudena.

"Nej" sa Billy. "Hon hittades som sagt av en granne som skulle hämta sin tidning. Hon kom bara två hus ifrån sitt eget. Ingen i området ska ha hört eller sett något." Han tog en paus och samlade sig en aning. "Hennes man är informerad och har identifierat henne."

"Hon hade två döttrar" sa Chelsea och såg på John med glansiga ögon. "Två döttrar. Tre och fem år gamla." Hon skakade på huvudet och en tår rann för hennes kind. "Tre och fem."

John hade inga tröstande ord. Han bara stirrade in i Chelseas tomma men rödsprängda ögon. De satt tysta en stund. Insvepte den dämpade stämningen.

"Finns det några tecken på att morden begåtts av samma gärningsman?"

Chelsea torkade tårarna och Billy ryckte på axlarna.

"Kanske" sa Billy. "Inget vi kan bevisa i nuläget men vår känsla är att det är samme man."

"Varför en man?"

"Tja" svarade Billy. "Med tanke på styrkan som krävs. Magkänslan säger mig att det är en man." Han skakade på huvudet. "En mycket sjuk man."

"Så vi har inte mycket att gå på" tänkte John högt. "Inget annat?"

Billy och Chelsea såg på varandra. Ingen av dem tänkte berätta om deras sökande bland gamla mord. Och inte heller nämna namnet James Carson. De skakade på huvudet.

"Inte i nuläget." svarade Billy.

~SJUTTON~

KOMMISSARIE JOHN Lucas Jr hade avlägsnat sig för dagen. Inspektör Chelsea Summers satt fortsatt kvar vid konferensbordet inne på stationen. Hennes kaffekopp hade sedan länge svalnat. Hon stirrade på tavlan och det hemska fotografiet av den mördade Annie Diaz. Tvåbarnsmamman Annie Diaz. Blott tjugosex år gammal. På tavlan hängde också ett fotografi av ms. Diaz taget från hennes vardagsrum. Hon var så vacker, tänkte Chelsea. Och enligt maken Mike Diaz också en fantastisk mor.

Inspektör Billy Henderson kom kånkande på några lådor med gamla fall. Han ställde dem på konferensbordet, torkade svetten ur pannan och log mot Chelsea.

"Hur mår du?"

Hon skakade på huvudet. "Hur kan någon göra detta?"

Under sina år som polis hade hon aldrig sett maken till sådan brutalitet. Mord hade hon sett. Slarvigt utförda knivdåd. Strypningar. Skottlossningar. Men detta? Hur kunde någon göra detta? Personen måste ha utfört detta som någon form av njutning? Hur gärningsmannen njutit medan han känt hur kraften och livet runnit ur sina offer?

Billy såg sorgset på henne. Det var absolut deras största prövning som inspektörer hittills.

"Vad har du där?" Chelsea nickade mot lådorna.

Billy lade handen ovanpå en av dem.

"Denna innehåller fallet jag talade om igår. Det om den dränkta kvinnan i fontänen." Han öppnade locket. "Du kände visst till gärningsmannen? James Carson."

"Inte direkt. Men min far sa att han mindes ett fall från när han var liten. Han trodde att kvinnan som mördades hette Carson. Kanske minns han fel? Kanske var det gärningsmannen som hette Carson?"

Billy nickade och slog sig ner på en stol. Framför sig placerade han dokumenten från lådan.

"Judy Steele blev tjugo år. Hon dränktes i fontänen på torget i Gamla Stan 1910." Han visade Chelsea ett fotografi av fröken Steele. "Mördaren tros vara en James Carson."

Chelsea nickade. "Som min far kan ha menat."

"Nere i arkivet är det en väldig oordning" fortsatte Billy. "Jag har inte kunnat hitta James Carson namn eller att han skulle ha genomfört fler mord. Men..."

Han sköt en låda närmare Chelsea.

"Om vi söker igenom morden som skedde samma år, det vill säga 1910, så kanske vi hittar hans namn i fler fall. Som misstänkt eller några gamla förhör."

"1910? Det är fyrtio år sedan. Kan han fortfarande vara i livet?"

Billy ryckte på axlarna och öppnade en ny låda. "Mycket möjligt men då skulle han vara ganska gammal idag." Han skakade på huvudet. "Om du tänker att han möjligtvis mördar igen?"

Nej, tänkte Chelsea. Det var inte så troligt.

"Det borde i sådana fall handla om en Copykiller."

Chelsea öppnade locket på lådan. "Så denne Mr. Carson dömdes aldrig?"

"Nej" svarade Billy och satte glasögonen till nästippen. "Vad jag kunnat hitta om mordet på Judy Steele så efterlystes han då hans DNA ska ha säkrats på platsen." Han ryckte på axlarna. "Enligt utsaga greps han aldrig. Man kanske helt enkelt aldrig fann honom."

Chelsea satt fundersamt. Det var visserligen vanligt förekommande i äldre fall att förövare sällan greps om de hade tagit till flykten. Fyrtio år sedan? Carson måste ha varit som minst fyllda tjugo? funderade hon. Det skulle göra honom till sextio idag om han fortsatt fanns i livet? Runt samma ålder som Kommissarie John Lucas Jr.

"Mr Carson..." tänkte hon högt. "Han måste i runda slängar vara runt Johns ålder?" Hon såg på Billy. "Om han fortfarande är i livet vill säga."

Billy nickade instämmande. "Vad tänker du?"

Chelsea ryckte på axlarna. "Nej, bara att John kanske vet..."

Billy såg skeptiskt på henne. "Då skulle vi behöva avlägga rapport..." Han skakade på huvudet. "Det är bättre om vi har mer på fötterna först. Tänk om det verkligen är att gripa efter ett halmstrå? Då har vi ödslat många värdefulla timmar medan nästa mord kan vänta runt hörnet."

Billy hade rätt. Chelsea log och blickade åter ner i dokumenten. De behövde mer att gå på.

HEMMA I Rosendal Hill berättade Kommissarie John Lucas Jr om det senaste mordet för Rebecca Richards. Hon lyssnade intresserat medan hon smuttade på det röda vinet. John var i full färd med att steka jumboräkorna medan han bekymmersamt beklagade sig över att de senaste i raden av mord fortfarande låg ouppklarade.

"Vad jag inte förstår..." sa han medan han skakade om den heta pannan. "Varför händer detta nu? När jag är så nära pensionen?"

Rebecca satt under tystnad och lyssnade på John medan köket fylldes av aromen från fräsande räkor i hummersås. I ugnens varma fort gräddades en grönsakspaj. På husets baksida hade John dukat fram på verandan. Med utsikt över den spegelblanka Mill Lake och med syrsornas sång avnjöt de sin middag. Skålade i vin medan skratt efter skratt avlöste varandra.

"Berätta mer om Roberts" sa Rebecca medan John räckte henne en filt mot den svalnande kvällsbrisen.

Han slog sig ner intill henne i hammocken och fyllde kristallglasen medan hon svepte filten runt de bara benen. Han log medan han gav henne vinglaset och funderade sedan en stund medan han läppjade på sitt glas. Bakom trädtopparna föll solen och färgade återigen Mill Lakes vatten blodrött.

"Vart ska man börja?" Han lutade sig tillbaka och fingrade försiktigt på kristallglaset i sin hand. "Det var en frostigdecembermorgon" mindes han. "Hon hittades i Fleetwood Park. Hennes mördare hade lämnat henne där knivskuren."

Rebecca nickade. Hon mindes att hon läst om mordet i lokaltidningen.

"Fjorton knivhugg" fortsatte John och slöt sina ögon. "Hennes kläder var så indränkta i blod att man knappt kunde urskilja dess ursprungsfärg. Hennes ögon var öppna, ögonlocken hade frusit. Det vitfrostiga gräset runt henne var färgat av blodet." Han öppnade sina ögon och såg på henne. "Det var det mest hatiska mord jag någonsin behövt utreda."

"Jag förstår det." Hon tog hans hand och gav en stillsam smekning över fingrarna.

Han log innan han fortsatte.

"Hon var till hälften svart. Hennes mor var afroamerikan men ursprungligen här illegalt från Mexiko."

Rebecca satt tyst någon sekund. Tog ett djupt andetag av den kyligare luften.

"Är hennes fall det enda du inte lyckats lösa?"

Hon hade hört ryktena om den legendariske Kommissarien som under sin tid skoningslöst jagat stadens mördare och ingen skulle ha undkommit hans rättviseskippande. Han log men skakade sedan på huvudet.

"Nej, i början av min karriär missade jag några." Han skakade på huvudet. "Men detta blev det mest personliga."

"På vilket sätt då?"

"Jag kände Carlas mor."

"Personligen?"

Han nickade. "Ja, det var jag som fick in henne illegalt i landet."

Hon såg med förvåning på honom. "Fick du? En lagens man?" Hon knuffade lite lätt på honom. "Det var som fan."

Han skrattade till lite och drack en klunk ur kristallglaset.

"Javisst. Jag träffade henne under en semesterresa i Mexiko."

Hon lutade sig bakåt i hammocken och lyssnade intresserat medan han berättade vidare.

"Jag var där i två veckor. Under den tiden åt jag alltid frukost på samma restaurang. En liten sådan. Hon arbetade som servitris. Och dessutom talade hon mycket god engelska för att vara från Centralamerika." Han skakade på huvudet. "Men hennes man slog henne."

Rebecca såg med sorgsen blick på John.

"Var dag hade hon ett nytt blåmärke. Ett blått öga. Ett handavtryck på armen. Ibland såg man på hennes gångstil att hon hade ont. Hennes man satt alltid vid ett bord nere i ett hörn och bevakade henne." Han harklade sig. "En kväll gick jag dit då det var lite lugnare med folk. Hennes man var inte där. Jag frågade henne om blåmärkena men hon hade svårt att berätta om dem."

Rebecca drog sin hand uppför hans rygg och smekte sedan genom håret i nacken. Hon log medan hon mötte hans blick.

"Vad hände sen?"

"Hon öppnade upp sig. Berättade om misshandeln. Och om sin lilla dotter." Han ryckte på axlarna. "Den natten bestämde jag mig för att hjälpa dem. Jag kom till restaurangen dagen efter med en plan. Motvilligt gick hon med på den och senare mötte de mig."

Han satt tyst en stund och mindes tillbaka.

"En vän till mig mötte oss vid gränsen. Jag hade hyrt en bil och tagit med dem till staden Juaréz. Han tog dem resten av vägen hit. I början sov de i en gammal lagerlokal som min vän hade. Tillslut lyckades jag hyra en bostad i mitt namn där de kunde vara."

Han tystnade igen.

"Det är inte ditt fel att Carla sedan mördades" försäkrade Rebecca honom om. "Du kunde inte veta att det hemska skulle ske."

John skakade på huvudet. Det kunde han förstås inte veta. Ändå kände han sig ansvarig för det inträffade. Han räddade dem från ett liv av misshandel bara för ett liv av mord och sorg.

"Jag har aldrig berättat detta för någon."

Rebecca log. "Din hemlighet är säker hos mig." Hon såg på hans sorgsna ögon. "Vet du?"

Han släppte sina tankar och såg undrande på henne. "Nej, vad då?"

Hon log så man såg alla de vita tänderna. "Jag tog på mig mina svarta underkläder idag."

Han spärrade upp ögonen. "Vad betyder det?"

Hon bet sig i läppen, ställde ifrån sig sitt glas och reste sig ur hammocken. Sedan tog hon hans glas ur hans hand, ställde det på bordet och sträckte ut sin hand. Han tog den i sin och reste sig.

"Det, kommissarien..." log hon. "... betyder att jag kommer sova över inatt."

Hans ögon spärrades upp än mer.

"Om det går bra för dig?"

Han slickade sig om läpparna. "Öh... äh... Det går hur bra som helst."

Hon skrattade till. "Kom med." Hon drog honom med sig in genom pardörrarna, genom det väldiga vardagsrummet, genom hallen och vidare upp för trappan till övervåningen. Väl inne i sovrummet kysste hon hans läppar, puttade ner honom på sängen och drog sakta ner blixtlåset på sin klänning.

Upptagna med att utforska varandras nakna kroppar såg ingen av dem ögonen som bevakade dem genom den lilla springan från sovrumsdörren.

~ARTON~

INSPEKTÖR CHELSEA Summers gnuggade sina trötta ögon. Lördag morgon och hon var ensam på avdelningen. Utanför sken solen och hon kunde höra ljuden från de lekande barnen i parken intill. Hon såg en stund ut genom fönstret och ner på folket som passerade förbi. Några joggade, andra promenerade med sina hundar och barnvagnar. Det var såhär lördagar skulle vara, tänkte hon. Det var så här alla dagar skulle vara. Inga nya mord som tvingade upp henne.

På skrivbordet framför henne stod ännu en oöppnad låda nere från arkivet som hon besökt tidigare under morgonen. På golvet stod ytterligare två travade. De hade hon redan genomsökt efter något som kunde leda till James Carson, men dessvärre utan någon framgång. Hon hostade lätt och drack sedan ur det sista ur kaffekoppen innan hon lyfte locket av lådan. Snälla, tänkte hon. Låt det finnas något här.

Efter att ha hämtat sin tredje kopp kaffe från matsalen satt hon åter framför den öppnade lådan. Hon plockade ut dokument efter dokument och började läsa. Fall #32652. Utreddes av en Kommissarie Lewis. 1910, tänkte hon. Det var åtminstone samma år som fallet med Steele. Vidare kunde hon läsa om den unga kvinnan Nicole Lee. Blott tjugo år gammal när hon en natt mördades utanför stadens Högskola. Chelsea skummade vidare i texten. Ja, även denna kvinna fick buken uppskuren.

Hon plockade fram de svartvita fotografierna från mordet. Liggandes på rygg med uppskuren buk varhon skrämmande lik de fotografier på Julie Law som satt på tavlan inne i konferensrummet. Chelsea kände en kall kår längst ryggraden och rös till. Hon var tveksam till teorin om en Copykiller. Hon och Billy hade haft svårt att hitta liknande fall som de som nyligen begåtts. Hur skulle någon annan känna till fallen? Gärningsmannen var med stor säkerhet inte från början av 1900-talet och om så var fallet så skulle personen troligen ha varit väldigt ung då morden begåtts 1910. Om det nu inte var en pensionär som sprang runt och kopierade morden? Eller ja, för all del. Mördaren kunde ju ha hört någon gammal legend om James Carson? Men hon var skeptisk. Efter att hon under morgonen talat med lokaltidningens redaktion återkom de med svaret att man inte lyckats hitta någon James Carson omnämnas i tidningens arkiv. Så någon gammal legend var det knappats tal om.

Däremot hade hon den underliga känslan vilandes över sig. Den där känslan som omfamnade henne när hon stod på Rosendal Hills väldiga altan. Känslan av att ranchen ville berätta en historia. Sin historia. Den dagen skakade hon av sig den överväldigande känslan men när sedan de efterföljande morden skedde kunde hon inte längre stöta den ifrån sig. Nu vilade den över henne som ett mörkt höstmoln redo att blåsa till storm.

Hon drack ur det sista ur sin tredje kopp kaffe, lättade på de översta knapparna på sin vita skjortblus och knäckte sedan sin stela nacke. Hon undrade om Billy vaknat? Den mannen kunde verkligen konsten att dra ut på en sovmorgon. Även John hade meddelat att han skulle komma att spendera lördagen hemma. En liten fågel hade viskat i Chelseas öra att en viss Rebecca Richards skulle befinna sig i hans sällskap. Hon log när hon tänkte på John och att han nu kanske skulle kunna fira in pensionen med en ny kärlek vid sin sida.

KOMMISSARIE JOHN Lucas Jr öppnade sina ögon och möttes av solens varma strålar. Han stäckte armarna i luften och gäspade medan han kisande vande sig vid ljuset. Han vände sig över på sida, slog ut med armen och insåg till sin besvikelse att Rebecca inte längre låg där vid hans sida. Hade hon gått upp för att tillaga frukost? Var hon i duschen? Han lyssnade efter ljud men allt som hördes var vågorna från Mill Lake som på distans gav ifrån sig ett klunkande ljud då de slog in mot bergsknallen intill badbryggan.Han drog ett djupt andetag och sträckte åter på armarna. Han kände sig utvilad. Ännu en natt utan mardrömmar. Istället en natt i kärlekens tecken. I syndarnas tecken. Han hade inte haft sex på en väldigt lång tid men han log medan han tänkte att han nog ändå inte varit så ringrostig.

Hade Rebecca verkligen åkt hem? tänkte han medan han kastade av sig täcket, satte ner fötterna i tofflorna och svepte morgonrocken runt sig.

John svepte igenom hallen och kände nu doften av bacon. Han log och ställde sig i valvet in till köket. Rebecca fullkomligen dansade medan den lilla bordsradion spelades på låg volym. *Hound Dog.* Den fantastiska rösten från Elvis Presley spred sig likt en våg genom rummet och dess toner gick inte att motstå. Han skådade henne en stund medan hon knäckte ägg efter i ägg i den ena pannan för att i nästa sekund vända på det knapriga baconet i den andra pannan.

"Oj" sa hon då hon såg honom i valvet. "Jag... öh... jag..." Hon skakade på huvudet och skrattade. "God morgon!"

Han log mot henne där hon stod i sina svarta trosor och hans gamla urtvättade och för henne alldeles för stora gråarandiga skjorta. Hon såg så sexig och bedårande ut.

"Jag gör frukost" fortsatte hon. "Jag hoppas det var okej?"

Han nickade. "Klart det är okej." Han slog sig ner på en av barstolarna vid köksön. "Jag trodde du hade åkt hem?"

Hon skrattade och skakade på huvudet. "Vad då? Trodde du att du bara var ett nattligt engångsligg?" Hon log. "Lite svårt. Du vet ju vart jag bor."

Han log tillbaka. Det var visserligen sant. "Men..." Han såg ner på tallriken med bacon och ägg som hon placerade framför honom. "Hur visste du att detta är den frukost jag äter varje dag?"

"Hm" sa hon och satte sig på barstolen intill hans med sin egen tallrik framför sig. "Med tanke på att du endast hade dessa produkter i ditt kylskåp så fanns det inte så mycket att välja på." Hon log och höjde sin gaffel. "Jag hoppas det ska smaka lika gott som alla andra mornar."

Han nickade och mötte hennes blick. Det skulle säkerligen smaka än mer godare just denna morgon, tänkte han. Den bästa morgonen på mycket, mycket länge.

"Jag tänkte på det du talade om igår" sa hon medan hon kämpade med en baconskiva som hängde i mungipan. "Vad hände med modern till Roberts?"

Han svalde ner lite av äggröran och sköljde med den nypressade apelsinjuicen innan han svarade. "Rita? Hon lämnade landet ganska snart efter dotterns död."

Rebecca nickade förstående medan hon tog en ny tugga av en knaprig baconskiva. "Men Carla är begravd här i staden?"

John nickade. "Ja, hon ligger på den nya kyrkogården."

Det gick snabbt i svängarna. Hon nickade lätt och var sedan på nästa samtalsämne innan John hunnit påbörja en andra tugga av äggröran. "Vad gör vi idag då?"

Han drog ett djupt andetag. "Precis vad du vill" sa han. "Precis vad du vill."

ETT AV förhören under utredningen angående mordet på den tjugoårige Nicole Lee hölls med en viss James Carson. Inspektör Chelsea Summers kunde vidare läsa:

; Mr Carson medger att namngivne befunnit sig på platsen för brottet dock inte under den aktuella tiden för gärningen. Enligt egen utsaga säger sig Mr Carson ha passerat Fleetwood Park under natten då namngivne lämnat Steve's Bar för att bege sig till motellet på 14 Downtown Street. Enligt Mr Carson har vittnet Claire White, som i tidigare förhör vittnat om hur hon sett Mr Carson lämna platsen, helt enkelt misstagit sig om tiden. Enligt egen utsaga befann sig namngivne på motellet vid klockslaget 03.15 ;

Vidare kunde Chelsea läsa om hur ingen bindande bevisning utöver förhöret från den då sjuttioett åriga änkan Claire White fanns att tillstå Mr James Carson. Det var andra fallet som han frånskrevs samtliga misstankar på grund av bristande bevisning. Nej, tänkte hon. Nu har Billy sovit tillräckligt länge. Hon lyfte på telefonluren och slog numret till sin egen bostad. Medan signalerna ljöd i luren slog henne tanken att det kanske var dags för nästa steg. Kanske var det dags för inspektörerna att införskaffa enbart en bostad?

För nog var hon tillräckligt säker på sin kärlek för denna underbara man.

~NITTON~

INSPEKTÖR BILLY Henderson släpade sig in på inspektör Chelsea Summers kontor. En vit t-shirt vilade över den tränade överkroppen och Lewis-jeansen satt tajt om låren medan han slog sig ner i besöksstolen. Idag hade han valt en ledigare stil. Bruna boots på fötterna. En brun hatt på sned och glasögonen som vanligt dinglande mellan fingerspetsarna. Han såg trött på henne.

"Sovit gott?" log hon."Rejäl sovmorgon."

Billy smålog. Nog hade han fått sova ut men kände sig ändå inte utvilad. Kanske berodde det på den senaste tidens intensiva period av mordutredningar? "Något nytt?" frågade han gäspandes och reste sig för att hämta kaffe. Han misstänkte att Chelsea egentligen bara saknade honom. Eller saknade någon att ha på kontoret.

"Inte direkt" svarade hon. "Jag har läst samtliga detaljer i ett fall från 1910. Nicole Lee, mördades på ett sätt skrämmande likt mordet på Julie Law. "

"Vänta med den informationen" sa han. "Så ska jag bara hämta mig en kopp kaffe. Jag behöver verkligen vakna till."

Han försvann ut genom dörröppningen medan Chelsea kärlekskrankt följde hans steg med blicken. Som hon älskade att se honom i den lediga klädseln. De tajta jeansen, den sexiga bakdelen och muskulösa ryggen. Det var sällan man såg hans kroppsbyggnad i de vanliga kostymplaggen. Hon bet sig ömt i underläppen medan han försvann runt hörnet i korridoren.

Skulle hon kanske fråga honom idag? Kunde hon vara säker på att han ville detsamma?

"Okej" sa han när han kom tillbaka och åter satt i besöksstolen. "Berätta om Lee-fallet."

Chelsea lutade sig tillbaka i sin stol och såg på det svartvita fotografiet från det fyrtio år gamla mordet medan Billy hällde i sig det ljumna kaffet. "Nicole Lee mördades 1910..."

"Vilken månad?" frågade han.

"Maj."

Billy höjde ögonbrynen. "Samma månad som Steele."

"Ja" nickade Chelsea. "Hon hittades i Fleetwood Park intill Högskolan. Uppskuren buk. Tjugo år gammal. Även i detta fall misstänkte man en James Carson."

"Förhördes han?"

"Det gjorde han." Chelsea suckade. "Men han friades från misstankarna då ingen bindande bevisning fanns."

"Nehej" sa Billy och svalde sedan den sista klunken kaffe. "Inga vittnen?"

"Jo." Hon sträckte sig efter sina anteckningar. "En äldre dam vid namn Claire White. Men då hon inte kunnat ange en exakt tidpunkt för hennes iakttagelse så behövde Mr Carson bara påpeka att han befann sig i parken tidigare men att han då var på väg från lokalpuben till stadens motell."

Billy lutade sig fundersamt tillbaka. "Det stämmer ju till stor del med mordet på Law. En Copykiller?"

Chelsea ryckte på axlarna. "Kan vara men får ingen riktigt känsla för det."

Billy log. Du och dina känslor, tänkte han. "Får jag se fotografiet?"

Hon räckte över det svartvita polaroidfotot. Han såg fundersamt på det, vände det och såg sedan med uppspärrade ögon på henne.

"Vad är det?" undrade hon.

Han fingrade på hörnet. "Siffrorna."

"Siffrorna?" Chelsea följde inte riktigt med i hans tankegångar.

99

Utan att svara reste han sig, gav henne fotografiet och försvann ut från kontoret. Chelsea såg fundersamt efter honom. Vad i all världen tog det åt honom nu då? tänkte hon och såg på de svaga siffrorna i hörnet på fotografiets baksida. Vad är det med siffrorna?

"Titta här" sa han när han kom tillbaka lika stormande som han lämnat.

Chelsea tog dokumentet han höll i handen. "Vad ska jag se på?"

"Men" sa han och pekade. "Numret på fallet."

Nu såg hon det. 32653. Hon såg sedan på fotografiet i sin andra hand. 32652. Nummerföljd? tänkte hon. Morden skedde efter varandra. Precis som de mord som skedde nu. Inga andra mord under den tiden då dessa låg varandra närmast.

"Vart ska du?" frågade hon då han åter vänt om i dörröppningen.

"Till arkivet" svarade han. "Om det skedde ett tredje mord likt det med brevbäraren..."

"Annie Diaz?"

"Ja. Då måste det fallet ha nummer 32654. Om det nu finns någon logik i det som händer?"

Chelsea rykte på axlarna. Någon logik fanns här inte. Men kanske kunde Billy ha knäckt en annars så svårtknäckt nöt. Hon reste sig.

"Vänta på mig."

KOMMISSARIE JOHN Lucas Jr spenderade eftermiddagen i den gamla ekan. Ytan på Mill Lake låg alldeles stilla medan flötet från fiskespöet vilade på spänningarna.Han behövde det här. Lugnet. Tid för att reflektera, vila upp sig. Med bara dagar kvar till pensionen hade han tre olösta mord på bordet. Och såklart mordet på Roberts.

Rebecca hade åkt in till stan. Någonting hon behövde åtgärda på arbetet. John hade inte riktigt förstått vad hon talat om men samtidigt var hon så fantastiskt vacker att han helt enkelt kanske inte lyssnade utan mest satt där och dagdrömde medan hon berättade om sitt arbete. Han var bara så glad att hon nu fanns vid hans sida.

Men också så trött. Han skakade på huvudet och rätade på sig i ekan så att en lätt våg fick flötet att lättsamt guppa.Det hade börjat skymma medan solen sakta närmade sig trädtopparna runt den glittriga sjön. Han förstod inte var denna trötthet kom sig av? Kunde det bero på bitsåret i handen? Det hade ännu inte läkt och gjorde sig ständigt påmint där under bandaget. Var kväll då mörkret lade sig runt Mill Lake kunde han känna hur det sved i bettet. Var kväll som mörkret gjorde sitt nattliga inbrott kunde han ana känslan av att inte vara ensam.

Gårdagskvällen var visserligen Rebecca hos honom. Men även då kunde han känna hur någon eller något iakttog dem. Tröttheten. Mysterierna. Han mindes den där morgonen vid första mordet. Hur han inte kunnat finna sina nycklar trots att han var övertygad om att han lagt dem på hallbordet. Hur kom det sig? Hur kunde han ha blivit så slarvig? Och inte hade han kunnat hitta sina stövlar. En timme hade han letat efter dem innan han slutligen gett upp och satt nu istället i några gamla lågskor. Även i detta fall var han övertygad om att han ställt stövlarna i hallens garderob. Var fanns de nu?

Den påtagliga känslan vilade över honom nu. Mörkret. Han höjde ögonen och blickade bort mot huset. Rosendal Hill. Dimman vilade runt sjön och huset doldes till viss del. Så pass att han inte uppmärksammade den mörka gestalten som väntade på hans hemkomst.

MARY LOU Watkins. Låda #32654 innehåll mordet på den trettioåriga kvinnan Mary Lou Watkins från 1910. Inspektör Billy Hendersons teori hade visat sig stämma. Mary Lou dog genom kvävning. Strypt med någon form av ståltråd.Inspektör Chelsea Summers såg länge på fotografierna. Hemskt, tänkte hon. Hur kunde det komma sig att samtliga mord nu återupprepade sig? I samma ordning? Med samma tillvägagångssätt?

101

"Någon måste ha vetskap om morden" sa hon. "Det måste vara en Copykiller."

Inspektör Billy Henderson suckade och bläddrade bland dokumenten som låg utspridda över konferensbordet. Samtliga tre falls dokument låg spridda. Han rykte på axlarna.

"Ja, det är det enda som verkar logiskt" instämde han. "Men varför nu? Och varför vill man kopiera tre stycken fall som är fyrtio år gamla?"

"När jag talade med folket på lokaltidningen så sade de att man inte skrev mycket om fallen. De letade igenom sina arkiv men kunde inte finna något som vi kan ha nytta av." Chelsea lade fotografierna framför sig och såg på Billy. "Man kan ju förstå om morden haft en stor medial uppmärksamhet. Då skulle dagens mord kunnat sätta skräck i allmänheten. Men Law, Stephens och Diaz har alla bara fått ett mittuppslag. Inga jämförelser med fyrtio år gamla mord och folk verkar redan ha glömt dem. Efter bara några dagar?"

"Ja" sa Billy med hopplöshet i stämman. "Jag förstår det inte heller."

Mannen James Carson nämndes även i fallet med Mary Lou Watkins. Men i ett annat sammanhang än i de tidigare. Enligt rapporten var det James Carson själv som påkallat ordningsmakten. Han påstod sig ha funnit den döda Mary Lou Watkins efter det att han hört skrik under sin morgonpromenad i staden.

"Tror du på det?" frågade Chelsea. "Att Carson hittade henne så?"

Billy ryckte på axlarna. "Han kan ha mördat henne och sedan iskallt ha påkallat polisen. Att han är den gemensamma nämnaren i samtliga fall är helt klart misstänksamt."

Chelsea satt tyst en längre stund. Stirrandes på alla papper och fotografier som huller om buller låg på bordet. "Det här motellet?" sa hon högt för sig själv.

Billy såg på henne medan han väntade på fortsättningen.

"Han kan väl inte ha bott där?" Hon skakade på huvudet. "Vi behöver göra en fullständig profil på James Carson."

Billy nickade instämmande.

"Om vi får en klarare bild av den mannen kanske vi kan finna det vi missar."

~TJUGO~

HAN ÖPPNADE ögonen och stirrade ut i mörkret. Sedan sträckte sig Kommissarie John Lucas Jr efter sitt armbandsur. I månens sken kunde han avläsa dess visare. Halv två, tänkte han och lade ifrån sig armbandsuret på nattduksbordet. Återigen hörde han ljuden. Ljuden av fotsteg. Någon vandrade runt på vindsvåningen. Vad i helvete?

Han kastade av sig täcket, satte ner fötterna mot det svala trägolvet och tog sitt tjänstevapen i handen. Han gick ut ur sovkammaren och vidare ut i korridoren.Ljuden från vindsvåningen hördes allt tydligare. I blåa pyjamasbyxor och en vit nattskjorta öppnade han dörren till vindsvåningen, sköt den åt sidan och stirrade på den mörka trappan. Han kunde urskilja ett svagt läte. Röster? tänkte han. Nej, det kan inte vara? Hade någon tagit sig in i huset?

Som alltid knarrade den gamla trätrappan under hans fötter medan han med lätta steg tog sig uppför den. Han fortsatte vidare uppför och sedan ut på det kala trägolvet. Det stora rummet var orört. Allt förutom den gungstol han dagarna innan bränt på gårdsplanen stod travade under snedtaken utmed väggarna. Han stannade till mitt i rummet. Månens sken dansade in genom de runda fönstren. Det fanns inte en själ i syne.

Så uppenbarade hon sig. Han skakade på huvudet och riktade tjänstevapnet mot henne. Hon stod alldeles stilla. De svarta ögonen var fästa på honom, stirrandes. Han kände så väl igen

104

henne. Vålnaden. Den gamla damen. Det vita stripiga håret. Hon vred på huvudet och log sitt tandlösa leende. Sedan höjde hon sin arm och med de reumatiskt krökta fingrarna lyckades hon peka mot något bakom honom. Han vred sakta på huvudet och såg sedan bakom sig.

I ögonvrån kunde han urskilja en ny vålnad. Med några hastiga steg tog han sig tillbaka till trappan. Där blev han ståendes medan han beskådade det som skedde framför hans ögon. Vålnaden som han aldrig sett tidigare var en man. Med vitt skägg och flintskallig. Klädd i endast ett par byxor och med ett rejält magvalv.

John kunde känna hur tårar rann nerför hans kinder. Han var så rädd men förmådde sig inte att springa nerför trappan. Det var som om musklerna låst sig. Som om någonting höll honom fast. Som om någon ville att han skulle ta del av det som utspelade sig framför honom.

Vålnaderna var svaga. Han kunde se rakt igenom dem men ändå utskilja varje form och varje uttryck. Den manliga vålnaden ställde sig på en pall, tog kniven ur den slida han hade i bältet och började karva i en av takstolarna. Den reumatiske damen stod alldeles stilla. Mannen släppte sedan kniven som med en duns föll till golvet.Sedan knöt han ett rep runt takstolen och stack huvudet i snaran som vilade i dess ände.

John stod med vidöppen mun och skådade mannen. Han såg sedan på damen som återigen log sitt tandlösa leende. En efter en uppenbarade sig de vålnader han sett tidigare. Kvinnan med den sönderskurna buken. Den dränkta kvinnan vars hår fortsatt dröp av vatten. Sist uppenbarade sig den strypta kvinnan med taggtråden hängandes runt köttsåret på strupen.

Den manlige vålnaden såg på dem alla, slöt sedan sina ögon och sparkade undan pallen han stod på. Några korta ryckningar senare vilade han livlöst i snaran. John slöt sina ögon. Kände en svår yrsel tränga sig på. Han tog stöd mot trappräcket. Det svartnade för ögonen och till slut vek sig benen under honom. Han föll till golvet, utslagen på rygg medan vålnaderna bleknade för honom.

~TJUGOETT~

SEXTON DAGAR hade passerat sedan natten då Julie Law kallblodigt mördades i Teaterparken. Däremellan dränktes den vackra Layla Stephens nere vid piren och dagarna efter fann man Annie Diaz strypt med en rostig taggtråd. Och samtliga fall låg ännu olösta på Kommissarie John Lucas Jrs bord.

Själv stod han framför helkroppsspegeln i hallen. Med omsorg knöt han den svarta slipsen runt den vita skjortkragen. På stolsryggen vilade hans svarta kavaj. Den svarta hatten hade han redan på sig. Svarta kostymbyxor, de svarta hängslena höll dem på plats under magvalvet och finskorna var nypolerade. Det hade gått flera år sedan han senast var på en begravning. Idag var det så dags igen.

Julie Law skulle efter dagar på bårhuset äntligen få den sista vilan genom dagens jordfästning. John, Inspektör Chelsea Summers och Inspektör Billy Henderson skulle alla delta vid ceremonin för att visa sitt medlidande. För John var dagen extra ansträngd. Han var den som skulle behöva förklara för de sörjande att de ännu inte hade någon misstänkt för det hemska brottet, än mindre några spår att förlita sig på.

Han såg sig i spegeln och suckade. Han var trött. Natten hade inte gett honom någon varaktig sömn och han var ännu osäker på om skådespelet på vindsvåningen var en mardröm eller om han faktiskt befunnit sig däruppe? Allt han mindes var att han skulle ha svimmat på vinden men när han vaknade denna morgon befann han sig åter i sin säng. Hur gick det till? Nej, tänkte han. Det måste ha varit ännu en mardröm.

SOLEN SKEN och klimatet var väldigt fuktigt. Kommissarie John Lucas Jr och Inspektör Billy Henderson svettades under sina svarta kostymer. I solglasögon stod de på varsin sida om Inspektör Chelsea Summers tillsammans med de andra sörjande. Chelsea var klädd i en svart klänning och en svart stor hatt. Julie Laws mor satt på en fällbar stol intill kistan där den en gång så vackra och livsnjutande Julie vilade. Även hon hade en större hatt på sig. Liksom samtliga andra i församlingen. Billy hade dock en brun hatt. Sin svarta hade han inte hittat under morgonen.

Blomsterarrangemanget var enormt med sina rosor och färggranna tulpaner. Prästen predikade i sin vita klänning. Sorgen vilade likt ett svart moln runt dem trots att solens strålar värmde i högre grad än på flera dagar.John lättade på slipsen för att få in lite sval luft under skjortan. Tårar rann nerför Chelseas rödmosiga kinder. Hennes blick var tom och ögonen svullna.

"Av jord är du kommen, av jord skall du åter bli" avslutade prästen sin predikan. Till tystnaden lade var och en av deltagarna sina röda rosor på kistans redan överblomstrade lock. Det var en stängd kista. Lika bra det, tänkte John medan han varsamt lade ner sin ros. Jag ska lösa det här, Julie, sa han för sig själv. Jag lovar.

Framme vid kistan lade Chelsea ner sin ros, bad en stilla bön medan hon torkade kinderna. Hon såg på Billy som stod på andra sidan om kistan. Han med nedsänkt blick.

"Jag behöver gå en stund" sa hon. "Rensa tankarna."

Han såg upp på henne och nickade. "Kom."

Tillsammans promenerade de genom kyrkogården i solskenet.Gravsten efter gravsten passerades. Chelsea suckade medan solen bländade henne.

"Lova mig, Billy" bad hon. "Lova mig att vi får fast den som begått dessa hemskheter."

Billy tog hennes hand och tryckte den hårt. "Jag lovar" log han.

Hon log tillbaka och kisade sedan bort längst gravstenarna. Där var en sten som fångade hennes uppmärksamhet. Framför de flesta gravstenar hade blommor börjat vissna i skenet från den stekheta solen. Men inte vid denna sten. Där skymtade hon en röd ros. Liggandes ovanpå stenen.

"Kom" sa hon och drog honom med sig.

"Vart ska vi?"

Hon svarade inte utan gick med snabba steg mot gravstenen med den röda rosen. En underlig känsla vilade över henne. Hon kände ett stort begär av att ta reda på vem som vilade under den utmärkande stenen.

Väl framme spärrade hon upp ögonen och såg sedan på Billy som även han lika förvånat stirrade på gravstenen.

Här vilar James B. Carson
    f. 1850 d. 1910

"Besynnerligt" sa Billy medan de båda kände den kalla kår som spred sig längst ryggraderna. "Hur visste du?"

Chelsea skakade på huvudet. Hon förstod det inte heller. "Det var rosen" sa hon och såg sig om bland gravarna. "Det är den enda graven som nyligen blivit besökt" konstaterade hon.

"Åtminstone den enda som ärats med färska blommor" svarade Billy och menade på att rosen måste ha placerats någon gång under de senaste timmarna. "Är det den Carson tro?"

"Vad är oddsen att det skulle finnas två James Carson under samma tidsperiod?"

Billy svarade inte på frågan. Istället såg han sig omkring. "Vem tror du har lagt dit rosen?"

"Vet inte?" svarade Chelsea. "Kan det vara mördaren som idoliserar Carson?"

"Kanske är det dags att vi avlägger en rapport till Junior nu?"

Chelsea skakade på huvudet och såg på Billy. "Inte än" vädjade hon. "Vi ger det en stund till."

"Vad har du för plan?"

Chelsea såg åter på gravstenen och den röda rosen. "Någon kände Carson." Hon drog en fundersam suck. "Vi måste finna den person som valt att lägga en ros på hans grav medan ett offer för en Copykiller begravs bara meter härifrån."

INSPEKTÖR CHELSEA Summers klev ur den svarta klänningen, knäppte av sig den svarta bysthållaren och vred på kranen. Hon lät trosorna glida nerför de långa benen och krånglade sedan ut snodden ur håruppsättningen. Medan spegeln immades av det varma duschvattnet såg hon sig själv djupt in i ögonen. På näthinnan vilade den röda rosen.

Vem hade placerat den där? Var det en person som idoliserade de dåd som James Carson eventuellt hade begått? Hon skakade på huvudet. Det fanns ju inte ens några bevisningar för att han begått morden under de hemska veckorna 1910.Hade Carson några släktingar? Enligt de dokument hon gått igenom hade Carson aldrig fått några barn. Kanske fanns det några uppgifter hos kyrkosamfundet? Om Carson nu var död kanske där fanns någon arvinge omnämnd?

Hon vred av kranen och steg försiktigt ner i det varma vattnet som ångade ur badkaret. Hon drog ett djupt andetag, lade huvudet emot den vikta handduken på kanten och släppte sedan ut luften igen. Hon slöt sina ögon och njöt några sekunder av tystnaden. Av att vara själv. Nog älskade hon Billy Henderson. Mer än ord kunde förklara. Men äntligen fick hon en stund för sig själv. Efter den långa dagens händelser hade de kommit överrens om att sova på varsitt håll. Billy hade visserligen motsatt sig idén då en mördare fortfarande strök omkring i stadens mörker men senare insett att om någon kunde ge mördaren ett rejält motstånd så var det Chelsea. Han skämtade sedan om att det kanske var så de skulle lösa mordet. Att låta mördaren ta sig an fel offer.

Hon orakade inte tänka mer på Carson. På mördare och mordoffer utan drog ännu ett nytt andetag och med slutna ögon lät hon det varma vattnet mjuka upp de spänningar hon burit under så lång tid. Vi tar honom ändå tillslut.

~TJUGOTVÅ~

INSPEKTÖR BILLY Henderson stirrade på de stora skiffertavlorna. Fotografierna på offren, information om samtliga sex offer. Vad har ni gemensamt? funderade han. Är det James Carson som är den gemensame nämnaren? James Carson som dött samma år som de tre första morden begåtts. Han kunde omöjligt vara mördaren till de sista tre morden. Men var han möjligtvis inspirationen till dem? Men vem känner till de hemska morden som skedde för fyrtioen år sedan? De kände knappt själva till morden. Och varför nu? Han fann ingen klarhet.

"God morgon" sa Inspektör Chelsea Summers när hon stack in huvudet genom dörröppningen. "Allt väl?"

Billy nickade till svars.

"Jag ska hämta lite kaffe" fortsatte Chelsea. "Ska du ha påtår?"

"Nej tack" svarade Billy som redan hunnit med tre koppar, varav den sista börjat svalna i hans hand. "Jag har redan."

Chelsea nickade och försvann i riktning mot stationens matrum. Billy återgick till att studera tavlorna i hopp om att finna de ledtrådar som de så desperat behövde. När Chelsea satt sig ner vid konferensbordet med en rykande kopp kaffe skakade han frustrerat på huvudet.

"Jag får ingen klarhet" sa han och suckade medan han tog av glasögonen och gnuggade ögongloberna. "Ingen som helst klarhet."

110

Chelsea såg en stund på tavlorna medan Billy studerade henne. Som vanligt var hon klädd i en skjorta. Idag en blå. Några av de översta knapparna var oknäppta. Inte för utmanande men ändå så sexigt. Han log för sig själv åt hennes rykande panna. Så vacker, tänkte han.

"Så vad har vi?" frågade Chelsea men svarade sedan på sin egen fråga. "Första mordet, Julie Law, knivmördades precis så som Nicole Lee mördades för fyrtioett år sedan."

Billy nickade. "Sedan har vi Layla Stephens, som dagarna senare dränktes på liknande sätt som Judy Steele. Även Julie Steele mördades 1910, bara dagarna efter Nicole Lee."

"Sen Annie Diaz" sa Chelsea och svepte en klunk kaffe. "Hon mördades genom strypning med en taggtråd vilket är identiskt med mordet på Mary Lou Watkins från 1910. Mordet på Watkins skedde dagarna efter mordet på Nicole Lee." Hon skakade på huvudet. "Tillvägagångssätten är de samma. Likaså mordföljden."

"Vid morden från 1910 finns vittnen som pekar mot en James Carson men man fann aldrig några konkreta bevis. Vad gäller morden på Law, Stephens och Diaz har vi hittills inga vittnen. Inte heller någon misstänkt sedan Charlie Hawkins."

Chelsea suckade. "Så egentligen har vi ingenting att gå på."

"Vi får ge vårt hopp till vem som nu än lämnat den röda rosen vid Carsons grav."

Chelsea var inte lika optimistisk. "Jag har slagit på namnet Carson. Enligt den folkbokföring som finns så dog namnet ut med James. Jag menar namnet Carson finns kvar i staden men de är inte släkt med varandra. Och det finns inga registreringar att James Carson någonsin fick några barn eller att han hade några arvtagare efter sin död."

"Så vad gör vi?"

Chelsea tog ännu en klunk ur koppen. "Jag tänkte bege mig till kyrkan. Kanske har Kyrkorådet eller församlingen något dokumenterat. Jag menar någon måste ju ha bistått vid begravningen. En präst eller pastor?"

"Helt klart" instämde Billy. "Allt som oftast har kyrkan bättre koll på befolkningen än vad myndigheterna har." Han såg på

Chelsea som fundersamt trummade med tummen på kaffekoppen. "Vad tänker du på?"

"Fyrtioett" svarade hon. "Det är något med den siffran." Hon höjde ögonbrynen i ett bekymrat ansiktsuttryck. "Jag har hört den siffran förut men minns inte var."

Billy satt tyst. Den senaste tiden hade så många årtal, siffror och namn passerat att han inte längre kunde hålla isär allt. "Kanske är det dags att vi berättar vad vi har för Junior?"

Chelsea som tidigare motsatt sig att berätta nickade nu instämmande. "Ja" sa hon även om den mörka känslan fortfarande vilade över henne. "Tiden är nog kommen."

KOMMISSARIE JOHN Lucas Jr såg på sina undersåtar. Under tystnad satt han avslappnat i sin kontorsstol. Slipsen vilade över den vita skjortan, det vita skägget var längre än på länge och rent allmänt såg han utmattad och trött ut.

Flytten till Rosendal tog hårt på honom, tänkte Inspektör Chelsea Summers där hon tillsammans med Inspektör Billy Henderson nyligen informerat honom om den senaste utvecklingen imordfallen. De satt bakåtlutade i soffan. Som vanligt låg papper utspridda på soffbordet. Någon pedant hade Junior aldrig varit, tänkte Billy och rättade till hatten.

"Så det kan röra sig om en Copykiller?" frågade John.

Inspektörerna nickade till svars.

"Och vad var era argument i bedömningen att inte rapportera detta tidigare?"

Inspektörerna såg på varandra. Chelsea höjde ögonbrynen och sneglade sedan på John som såg med trötta ögon på dem.

"Vi ville vara säkra..." inledde hon.

"Vi ville inte besvära Kommissarien då han haft mycket med flytten till Rosendal och med så nära till den stundande pensionen" inflikade Billy. "Du förstår..."

"Ändock..." avbröt John honom. "Ni förstår säkert att även jag måste avlägga rapporter till Borgmästaren?" Han skakade på huvudet. "Detta avslöjande hade varit mer tillfredställande att berätta för honom än att utredningen i princip står stilla. Han har inte varit allt för imponerad av vårt arbete den sista tiden."

Både Chelsea och Billy förstod.

"Så hur går vi vidare?"

En stunds tystnad följde innan Chelsea bröt den.

"Jag tänker försöka lokalisera vem som lagt den röda rosen på Carsons gravsten. Vi talade tidigare, jag och Billy, om att kyrkan kan ha bättre koll på befolkningen än vad myndigheter kanske har."

"Visst" svarade John. "Gör du så. Och du då, Billy?"

Billy harklade sig och drog svetten från hattlinningen. "Jag tänkte gå igenom samtliga fall igen. Där måste finnas något som vi missat."

"Bra" sa John. "Nu, om ni ursäktar, ska jag informera Borgmästaren."

MEDAN SOLEN sjönk ner bakom stadens byggnader drog Kommissarie John Lucas Jr ut stolen för Rebecca Richards. Varsamt sköt han sedan in den medan hon satt sig till rätta. Återigen satt de på den lyxiga restaurangen Forkes. Denna gång utan parhästarna Summers och Henderson. Rebecca log mot John när denne slagit sig ner på stolen mittemot.

"Så hur går det med morden?"

John, som egentligen inte ville tala om arbetet, ryckte på axlarna och rättade till den bruna slipsen. "Jag har lämnat över mer och mer av ansvaret till Summers och Henderson. Pensionen närmar sig och jag har faktiskt spenderat mindre tid på stationen."

Rebecca nickade förstående.

"Men jag medverkade vid Julie Laws begravning igår." Han skakade på huvudet. "Det är så hemskt med en så ung människa."

Rebecca nickade och såg med ledsna ögon på honom. "Det finns inga andra ord än tragik."

De släppte sedan samtalen om mord och unga människors tragiska bortgångar. Till smaken av svampsoppa lyssnade

Rebecca lyhört till hur John berättade om hur fantastiskt det skulle bli att få susa fram på sin motorcykel och bara njuta av pensionen. Och fiska skulle han minsann göra. Från den lilla ekan, mitt ute på Mill Lake. Hon log när hon såg hur lycklig han verkade när han berättade om sina planer.

Det var bara dagar kvar nu.

~TJUGOTRE~

Hon klev ut ur porten och satte de barfota fötterna mot den svala stenavsatsen. Den ljumna midnattsluften smekte hennes hud medan hon drog ett djupt andetag. Hon lät ögonen vänja sig vid dunklet några sekunder innan hon tände cigaretten. Hon drog in röken, ett djupt halsbloss, njöt några sekunder av ruset innan hon åter lät röken stiga ur hennes mungipa och upp mot skyn.

En smekande vindpust ruskade om i trädgårdshäcken och några av löven virvlade i luften innan vinden nådde hennes nattskjorta. De smäcka låren avslöjades medan skjortan blåste upp till troslinningen. Vilken tur att man är ensam härute, tänkte hon men rättade ändå till skjortan och lät den åter täcka låren.

Men så ensam som hon trodde sig vara var hon inte. Från andra sidan gatan, dold bakom en parkerad Buick vakade två mörka ögon över henne. Hon drog det sista blosset av cigaretten, fimpade den och vände sig om för att åter gå inomhus.

Ljuden av steg fick henne att vända sig om. Överrumplad av ett kvickt slag mot tinningen fick henne att vackla bakåt. Ögonen möttes medan hon liggandes på avsatsen utanför sin port vädjade om nåd.

"Varför?" stammade hon innan hon föll in i en mörk medvetslöshet.

~TJUGOFYRA~

INSPEKTÖR BILLY Henderson såg åter ner på sitt armbandsur. Det var tidig morgon men solen värmde redan som om sommaren stod för dörren. Ledigt klädd i t-shirt, jeans och hatt satt han på parkbänken med utsikt över James Carsons grav. Den röda rosen hade börjat torka i de starka solstrålarna.

Vart har hon tagit vägen? funderade Billy. Hon skulle ha varit här för längesedan. Han skakade på huvudet och blickade ut över kyrkogårdens gångar. Det var olikt Inspektör Chelsea Summers att inte vara i tid.

Det var andra natten i rad som de inte sov tillsammans. Billy hade spelat poker tillsammans med sina vänner och då han inte ville väcka Chelsea vid den sena nattimman hade han istället gått hem till sitt. Nu spred sig en ängslan över honom. Vart befann hon sig?De hade beslutat att mötas vid Carsons grav för att möjligen forska fram vem som lämnat rosen vid gravstenen.

Kyrkorådets vaktmästare passerade förbi honom. Dragandes på en liten kärra med vattenkannor, blomster och verktyg. Mannen såg på Billy och nickade i en vänlig hälsning. Billy nickade tillbaka och rättade till hatten då solen bländade honom. Vaktmästaren stannade till vid graven bredvid Carsons och börja ömt vattna de vissnande blommorna.

Billy funderade kort och reste sig sedan.

"Ursäkta" sa han medan han närmade sig vaktmästaren. "Billy Henderson, kriminalinspektör."

Vaktmästaren torkade bort jord från sin hand och tog sedan Billys utsträckta hand. "Tom Gordon."

Han var en tanig äldre man. Vit gles mustasch prydde det smala ansiktet. Han såg fundersamt på inspektören framför sig. "Hur kan jag hjälpa inspektören?"

"Arbetat här länge?"

Tom nickade. "Är inne på mitt tjugoandra år."

"Imponerande" fortsatte Billy. "Då har du sett både det ena och det andra med tiden."

"Så spännande är det inte" avslöjade Tom och ryckte på axlarna. "Men man får vara ute i det fria. Och dagar som denna är det ett riktigt privilegium" log han och såg upp mot den brännande solen.

"Jag har en fråga gällande denna grav." Billy pekade på James Carsons grav. "Vet du möjligtvis vem som brukar besöka den?"

"Visst" svarade Tom och fortsatte vattna blommorna. "Det är gamla fru Brown."

"Gamla fru Brown?"

"Hon brukar besöka den någon gång per månad. Har alltid sitt barnbarn med sig. Själv sitter fru Brown i rullstol." Han stannade upp och funderade. "Hon måste vara över nittio år."

Billy nickade. "Har denna fru Brown något förnamn?"

Tom såg fundersamt framför sig. "Jag är inte säker men jag har för mig att jag hört barnbarnsbarnet tilltala henne med Rose." Han ryckte på axlarna och lät åter vattnet regna över blommorna. "Jag är inte säker men det är allt jag har."

"Du ska ha stort tack" sa Billy och tog farväl av vaktmästare Tom Gordon.

Medan han vandrade längst kyrkogårdens gångar i rikting mot dess inbjudande stålgrind kunde han inte låta bli att känna ängslan över Chelseas frånvaro.

Var är du?

I ROSENDAL Hill doftade det nykokta kaffet från köket. Kommissarie John Lucas Jr satt gäspandes vid bordet. Solens strålar sken in genom fönstret och träffade honom i pannan.

117

Varför var han så trött? Visserligen hade mardrömmarna åter kommit till honom under nattens sömn. Han mindes dem inte denna gång men nog hade han vaknat några gånger. Genomsvettig och andfådd. Han kunde bara inte förstå vad de berodde på? Vad de kom sig av?

Han svepte ner det sista ur koppen och fyllde sedan på med nytt från den heta kannan.genom det öppna fönstret svepte doften från Mill Lake in med en blandning av blomstrande näckrosor och tång. Enligt mäklaren fanns risken för alligatorer men än så länge hade dessa lyst med sin frånvaro.

John trivdes i sitt nya hem. Hans dröm. Men han var ändå skeptisk. Var det flytten som tagit all energi ifrån honom? Kunde det vara det olösta fallet med Carla Roberts, dottern till den mor som han smugglat in i landet, som gav honom mardrömmarna? Var de vålnader han såg om nätterna illusioner från alla de fall han haft? Var det kanske så att pensionen skrämde honom mer än han ville medge och därför fick honom att sova så dåligt?

Han var inte säker på något längre.

Kanske bäst att besöka stationen, tänkte han och gick för att klä sig.

INNE PÅ STATIONEN fann Inspektör Billy Henderson sin parhäst Inspektör Chelsea Summers sittande vid sitt kontorsbord.

"Vad i helvete...?" inledde Billy ursinnigt.

"Jag vet..." avbröt Chelsea honom. "Du är arg, jag förstår."

Billy skakade frustrerat på huvudet och såg med röda ögon på henne. "Jag trodde något hänt med dig!" Han sänkte rösten en aning då flera av konstaplarna riktade sin uppmärksamhet mot dem. "Var har du varit?"

"Om du lugnar ner dig så ska jag berätta" sa hon lugnt. "Det finns en förklaring."

Bäst för dig att den är en jävligt bra sådan, tänkte Billy medan han satt sig ner på hennes besöksstol. Han drog några djupa andetag för att lugna ner sig.

"Vill du ha kaffe?" log Chelsea. "Jag kan hämta åt dig."

Billy nickade och Chelsea log på nytt innan hon försvann mot matrummet. Han skakade på huvudet, tog av sig hatten och kastade den på hennes skrivbord. Så orolig som han varit. Med en mördare som strök omkring i området fick Chelsea faktiskt ta att han brusade upp. Det var inte likt henne att inte infinna sig på utsatta tider.

"Varsågod" sa hon när hon överräckte en rykande kopp med svart kaffe. När han smuttat en klunk log hon åter mot honom. "Har du lugnat ner dig?"

Han skakade på huvudet men svarade sedan att han bara varit orolig.

"Jag förstår" sa hon. "Men som sagt, det finns en förklaring."

"Jag lyssnar."

"Jag hade gjort mig klar för att gå till kyrkogården. Just som jag skulle stiga utanför dörren ringde telefonen." Hon satt sig på kontorstolen mittemot honom. "De ringde från distriktssköterskan. Min far hade ramlat ner från taket hemma då han skulle utföra några lättare reparationer."

Billys tidigare ilska var som bortblåst. Chelsea hade verkligen en bra anledning till att hon inte dök upp vid graven. "Jag ber om ursäkt" sa han. "Jag visste inte... jag blev orolig... med alla mord och unga kvinnor och..."

"Jag förstår. Tyvärr hann jag inte meddela dig."

Billy viftade bort det. "Glöm det. Hur mår Raymond?"

"Bruten handled, lite blåslagen och allmänt omtumlad." Hon såg bekymrad ut. "Men envis som han är så lär han klara sig bra."

De satt tysta en stund. Billy smuttandes på det varma kaffet och Chelsea djupt försjunken i tankar på sin far.

"Just ja" sa Billy tillslut. "Jag vet vem som lämnade rosen."

Chelsea sken upp. "Jaså?" Hon log brett.

"Jag talade med kyrkorådets vaktmästare då han passerade förbi. Han sa att det är en äldre dam vid namn Rose Brown och dennes barnbarn, om jag inte minns fel, som brukar besöka graven någon gång i månaden."

"Bor hon i staden?"

Billy ställde ifrån sig kaffekoppen på skrivbordet. "Det frågade jag aldrig."

"Jag kollar bokföringen" sa hon och reste sig upp. "Snart tillbaka."

Några minuter senare stoppade Kommissarie John Lucas Jr in huvudet på Chelseas kontor.

"God förmiddag" hälsade han Billy. "Hur står det till?"

Billy såg på Kommissarien som såg än mer sliten ut. "Jo tack. Hur står det till med Kommissarien?"

"Trött" svarad han och avslöjade vad Billy redan kommit underfund med. "Har sovit dåligt." Han hostade. "Jag tror jag fått en släng av influensa."

"Det låter inget vidare, Junior." Billy slickade sig om de torra läpparna och såg fundersamt på John. "Vad gör du här? Kanske är bättre om du är hemma och kurerar dig?"

"Har några ärenden jag behöver ha avklarat under veckan." svarade John.

Pensionen, mindes Billy. Det är nära nu.

"Hej, John" avbröt Chelsea deras samtal.

John nickade. "God förmiddag."

"Hittade du adressen?" frågade Billy.

Chelsea såg på honom, log och viftade med en liten papperslapp.

"Vilken adress?" John såg nyfiken på dem.

Billy reste sig. "Vi har hittat ett nytt spår att gå på."

Chelsea log åt John. "Vi kan informera mer när vi kommer tillbaka."

"Bäst ni åker då" svarade John. "Lycka till."

De båda Inspektörerna lämnade stationen medan John gick till sitt kontorsrum för att avsluta de ärenden han behövde innan den stundande pensionen.

~TJUGOFEM~

ROSE BROWN pekade mot den beigea soffan och bad de båda att slå sig ner. Inspektör Chelsea Summers såg sig omkring i vardagsrummet. Tavlor, dukar, porslin, böcker och annat krimskrams. Bokhyllor fyllda till bredden. Inspektör Billy Henderson klappade försiktigt på den svarta katten som jamandes strök sig mot hans ben.

Gamla fru Brown satt mittemot dem vid soffbordet. Vilandes i sin rullstol studerade hon inspektörerna. Hon hade stripigt vitt hår, glest så när på tunnhårig. En brun kofta vilade över en gulblekt blus till grå byxor. På fötterna hade hon svarta skor. Ansiktet var rynkigt och gråblekt men ögonen lyste av godhet. Hon log åt dem.

In i rummet kom Sandy Brown, barnbarn till Rose. En glad och trevlig ung kvinna. Rose händer skakade medan hon lyfte koppen och lät Sandy fylla upp den med nykokt kaffe. Sandy fyllde sedan upp Chelsea och Billys koppar innan hon hällde den sista skvätten i sin egna. Leende satt hon sig sedan i fåtöljen intill soffan.

"Hur kan vi bistå inspektörerna?" frågade Sandy medan Rose med skakande hand försökte få koppen till munnen.

"Det har kommit till vår kännedom att ni besökt en James Carsons grav?" svarade Chelsea.

Rose såg på Chelsea, sedan på Sandy, funderade en stund och nickade sedan. Sandy vände blicken mot Chelsea, nickade och svarade.

121

"Det stämmer. Jag brukar ta med mig Rose dit någon gång varje månad."

"Vilken är er relation?" frågade Billy och smakade av kaffet.

"Min och Rose eller vår och Carson?"

"Jag tänkte närmast på er och Mr Carsons." förtydligade Billy.

"Han var min bror." svarade Rose som hitintills suttit i tystnad. Hon ställde ner koppen på det lilla bordet hon hade intill rullstolen. "Sandy är mitt barnbarn" log hon och såg med sina vänliga ögon på den leende Sandy. "Vi är fyra generationer i livet. Jag föddes 1861 och fick min tredje dotter Miranda 1891. Jag var trettio år vid tillfället." Hon låg och man kunde se hur hon såg tillbaka på den tiden. "Det är så längesedan."

Både Chelsea och Billy log medan de såg på den gamla tanten som mindes tillbaka. Med nittio år i livet förstod de att det fanns mycket att reflektera över.

"1921 föddes så lilla Sandy" fortsatte hon. "Även Miranda var just trettio år när hon efter att ha fött två pojkar äntligen fick en liten dotter. Sedan följde krigsåren och tiderna var ovisa och tuffa" mindes hon medan hon åter med skakig hand lyfte upp kaffekoppen.

"Sa ni inte fyra generationer?" frågade Chelsea som endast räknat till tre.

"Jo" fyllde Sandy i. "Jag har en dotter på fyra månader och min bror har en pojke på två år."

"Vi förstår" sa Billy. "Men denna Carson?" Han såg på Rose. "Det var er bror?"

Rose nickade. "Jag föddes Rose Carson. Namnet Brown fick jag när jag gifte mig med min man, Jonathan." Hon skakade på huvudet. "James och jag hade ingen större kontakt. Han föddes 1850, elva år före mig."

"Jag vill inte låta brysk" sa Sandy och vände sig mot de båda inspektörerna. "Men vad har ni för avsikter gällande frågorna om James Carson? Jag menar, han har trots allt varit död i fyrtioett år."

Chelsea såg på Billy och funderade kort innan hon svarade. "Vi utreder tre stycken mord som begåtts under de senaste veckorna. Vi har för avsikt att tro att det rör sig om en Copykiller."

"Copykiller?"

Billy nickade och fyllde i. "Vi tror att någon kopierat tre stycken mord som begicks under våren 1910."

"I mordutredningarna från 1910 återkommer endast ett namn i samtliga, nämligen James Carson." fortsatte Chelsea. "Det är därför vi är här, för att ta reda på vem Mr Carson var och om han ens var delaktig i de morden."

Sandy satt tyst. Likaså Rose.

"Vi är inte här för att anklaga" försäkrade Billy. "Inte heller för att riva upp eventuella gamla sår och vi uppskattar verkligen att ni tagit er tiden."

"Han började bete sig underligt veckorna innan sin död" avbröt Rose honom. "Det var våren 1910. Vi hade alla läst om de hemska morden men han började bete sig underligt tidigare än så."

"På vilket sätt?" frågade Chelsea.

Rose satt tyst en stund medan övriga inväntade hennes svar.

"Som jag sa så hade vi minimal kontakt. Jag minns en släktmiddag. Han hade just köpt en bostad. Han var mycket stolt över den." Hon skakade på huvudet. "Men man kunde se att han förändrades."

"Förändrades hur?" frågade Billy.

"Små saker. Han var trött. Svart under ögonen. När någon frågade om det sa han alltid att han inte sovit tillräckligt." Hon suckade. "Han började dra sig undan och besökte oss sen mindre och mindre under den månad som han bodde i bostaden."

"Hur dog han?" frågade Chelsea.

Rose och Sandy såg frågande på henne.

"Vet inte inspektörerna det?"

Både Billy och Chelsea skakade på huvudena.

"Han hängde sig på vinden i sin bostad." svarade Rose.

Billy och Chelsea såg på varandra och sedan på Rose.

"Vilken bostad talar vi om?"

Rose ögon såg med ens inte så vänliga ut längre. Hon skakade på huvudet innan hon ställde ner kaffekoppen igen.

"Borgmästargodset."

"Borgmästargodset?" frågade Billy.

"Det var i alla fall vad de kallade det. Själv besökte jag aldrig James där så jag vet inte mer än så."

"Så du vet inte var detta gods må ha varit beläget?" frågade Chelsea.

Rose skakade på huvudet. "Nej, men James spenderade en hel del tid i kyrkan vid denna tidpunkt. Kanske kan ni finna några svar där? Och om ni frågar mig..." Rose tystnade en stund och såg med sorgsna ögon ut genom fönstret. "Om ni frågar mig så är jag övertygad om att James begick de där morden under den hemska våren."

Chelsea rynkade pannan. "Vad får er så säker?"

"Ja kära du" sa hon och ryckte på axlarna, fortfarande med blicken på den fågel som lekte i äppelträdet utanför fönstret. "Med tanke på hur han isolerade sig på slutet och hur hans beteende skiftade." Hon såg åter på Chelsea. "Jag kände inte igen min bror längre. Och som han var i det skedet så jo, nog var han i mentalt tillstånd och kapabel till de dåden."

En tystnad följde innan hon åter skakade på huvudet.

"Jag tror han hängde sig på grund av den tyngd som skulden gav honom."

Efter att de druckit ur kaffet tackade de båda inspektörerna för gästvänligheten. I bilen på deras väg tillbaka till civilisationen hade Chelsea återigen den mörka känslan vilandes över sig. Det var något med Rose blick när Borgmästargodset kom på tal. Och återigen upprepades siffran fyrtioett. Var hade hon hört den siffran tidigare?

MÖRKRET HADE börjat falla över staden likt ett grådisigt dunkel. Kommissarie John Lucas Jr var ännu kvar på stationen. Lutandes över fallet med Carla Roberts. I kristallglaset var en skvätt whiskey upphälld, hans femte glas för kvällen. Med slipsen slarvigt knuten och med skjortan halvt om halvt nedstoppad i manchesterbyxorna såg han sorgset framför sig medan tummen trummade mot det halvfulla glaset.

Med bara dagar kvar till pensionen var han nu övertygad om att Carlas öde inte skulle lösas. Åtminstone inte av honom. Och inte heller de tre fallen med Julie Law, Layla Stephens och Annie Diaz. Han suckade. Hur kunde det bli så här? Med fyra veckor kvar till pensionen hade han ett fall som grämde honom. Ett fall som inte hunnit avslutas. Nu var där fyra fall. Var det så hans karriär skulle sluta?

Han svepte ner whiskeyn, hostade febrilt och hällde sedan upp en ny laddning. Jävla hosta, tänkte han och fuktade läpparna med en ny klunk.

Det knackade på dörren.

"Kom in" sa han med hes röst.

Dörren öppnades och Konstapel Murray uppenbarade sig.

"Ursäkta Kommissarien" sa han. "Men vi har en situation."

"Vad gäller det? John dolde kristallglaset under några dokument och insåg alldeles för sent att kristallkaraffen fortfarande stod väl synlig mitt på skrivbordet.

"Jo, det gäller en anmälan om ett försvinnande."

"Försvinnande?" John rynkade pannan. "Jag arbetar med mord. Kan du inte ta det med Kommissarie Huckle?"

"Han har gått för dagen" svarade Konstapel Murray.

Bakom honom kunde John se en ung kvinna. För en stund möttes deras ögon och när han såg oron i dem skakade han på huvudet och suckade.

"Visst, hur kan jag hjälpa till?"

Konstapel Murray viskade något i den unga kvinnans öra och steg sedan åt sidan, lät henne komma in i rummet och stängde sedan dörren bakom henne. Hon stod tyst och såg på John som inte såg det minsta intresserad av att höra hennes ärende. Han såg snarare berusad och trött ut.

"Så Miss...?"

"Kalla mig Nora" bad kvinnan.

"Så Nora" fortsatte John. "Vad kan jag göra för dig?" Han pekade mot den tomma besöksstolen och hon slog sig motvilligt ner.

125

"Jo, Kommissarien förstår" inledde hon. "Det gäller en försvunnen person."

"Hur länge har denna person varit försvunnen?" suckade John och tog åter fram kristallglaset från under sitt gömställe.

"Sedan igår eller natten till idag" svarade Nora. "Hon kom aldrig till sin arbetsplats denna morgon och jag har besökt hennes hem, dock utan resultat."

John tog en klunk och skakade på huvudet.

"Det bästa vi kan göra ikväll är att lämna ut en efterlysning."

Nora nickade medan John tog upp en penna för att anteckna.

"Vad är din väns namn?"

"Rebecca Richards."

Johns ögon spärrades upp. Hans hand låste sig och hjärtat stannade i bröstet.

"Ursäkta?" sa han och svalde hårt. "Rebecca Richards?"

Nora nickade och såg med rödsprängda ögon på honom.

"Rödhårig? Runt femtioårsåldern?"

Nora nickade på nytt. "Vet Kommissarien vem hon är?"

John svarade inte. Förskräckt satt han med pennan mellan sina stelna fingrar. Nej, tänkte han. Nej, inte Rebecca. Snälla, inte Rebecca.

Nora såg på John medan den första tåren föll nerför hans kind.

~TJUGOSEX~

SEX STYCKEN konstaplar lyckades stationen undvara. Under hela natten hade de tillsammans med Kommissarie John Lucas Jr och Inspektörerna Chelsea Summers och Billy Henderson sökt igenom området runt försvunna Rebecca Richards bostad i jakt på ledtrådar. De hade knackat dörr och hört sig för hos grannar. När klockan nu närmade sig nio på förmiddagen hade ännu inget tips eller ledtråd lett till någon framgång.

John var trött men gick på sparlåga och adrenalin. Tillbaka på stationen, där fyra nya konstaplar väntade för att byta av de som arbetat genom natten, såg han frustrerat på inspektörerna. Varken Chelsea eller Billy fann de rätta orden att säga. De ville så gärna trösta men samtidigt visste de alla tre att en mördare strök omkring i området.

Billy var den som bröt tystnaden under kaffet.

"Vi måste tala om möjligheten." Han såg på Chelsea och sedan på John. "Vi är utredare och vi måste räkna in alla möjliga scenarion."

John suckade men förstod att Billy faktiskt bara gjorde sitt jobb.

"Så var vill du komma?" frågade Chelsea.

"De tre morden, och nu behöver det inte betyda att detta försvinnande är ett mord, men de tidigare tre skedde med bara någon natts mellanrum." De andra nickade instämmande. "Sedan upphörde det och inget nytt har hänt sedan dess."

"Det finns inget samband mellan de tre offren förutom att de påminner om de tre morden från 1910. Det finns inte heller något som tyder på att det var ett fjärde mord." Chelsea ryckte på axlarna. "Om det nu handlar om en Copykiller?"

"Dessutom är Rebecca äldre än de andra" fyllde Billy i. "Det finns inget som tyder på att en äldre kvinna mördades efter de tre morden 1910."

John, som hittills suttit tyst och lyssnat, öppnade munnen.

"Hur vet ni det?"

"Julie Law mördades på samma sätt som Nicole Lee. Sen Layla Stephen på samma sätt som Judy Steele och Annie Diaz på samma sätt som Mary Lou Watkins."

"Så?"

"Lee var fall #32652, Steele var fall #32653 och Watkins fall #32654."

Chelsea såg beundrat på Billy. "Hur kan du minnas det?"

Billy log. "Det är det jag är bra på." Han harklade sig sedan och såg åter på John. "Det efterföljande fallet, #32655, var en dödsskjutning av en man vid ett inbrott och fallet därefter, #32656, var återigen ett skottdrama vid någon bar i slummen."

"Så du menar att försvinnandet inte har med någon gammal historia att göra?" frågade John.

Billy ryckte på axlarna. "Det följer i alla fall inte de spår vi har gått på hittills."

"Hur går vi vidare?" frågade Chelsea när hon druckit den sista klunken av kaffet. "Jag behöver besöka kyrkan."

"Jag tar med mig konstaplarna och fortsätter sökandet" svarade John.

"Jag bistår dig" inflikade Billy och nickade mot John. "Vi ska finna Rebecca."

Chelsea reste sig och log mot John.

"Vi kommer finna henne, John."

John nickade som tack för stödet och såg sedan efter Chelsea då hon lämnade rummet.

DET STORA kapellet var svalt. Inspektör Chelsea Summers njöt av att få svalka sig från den heta morgonsolen. Sittandes på den främre bänken studerade hon en stund den stora träkonstruktionen av Jesus på korset som hängde över det stora stenaltaret.

Chelsea tillhörde den växande nya generationen som såg med kritiska ögon på religioner och fann större förståelse för vetenskap och fakta. Hon såg sig inte som särskilt troende men värderade de arv som hennes förfäder lämnat efter sig. Och kyrkan var mysig, det tyckte hon allt. Hon kunde med lättnad förstå hur människor sökte sig hit för tröst och vägledning.

"Inspektör Summers?" avbröts hon och reste sig.

"Pastor McRae?"

Mannen nickade och tog hennes utsträckta hand innan de båda slog sig ner på bänken. Chelsea såg på Pastorn. Han såg inte så gammal ut, tänkte hon. Närmare fyrtio än femtio, välvårdad, proper. Något överviktig, likt de flesta män i hans ålder. Ingen prästskrud utan klädd i svarta kostymbyxor, svart skjorta och med den igenkännande vita kragen. Mörkt, tjockt hår med lockar som dolde både pannan och öronen.

"Jag är införstådd med er situation, Inspektör Summers" inledde Pastor McRae. "Jag har talat med Fader Moore som själv förrättade själva begravningsceremonin av James Carson."

Chelsea nickade förstående.

"Tyvärr är Fader Moore allt för illa däran för att själv kunna medverka vid detta möte. Han är alltjämt inlagd på Saint Hills och innehar stora problem med den egna andningen."

"Det var tråkigt att höra."

"Fader Moore är närmare nittio år gammal" fortsatte McRae och försäkrade Chelsea om att han minsann haft ett både gott och tillfredställande liv. "Tyvärr kommer åldern till oss alla."

"Så sant" instämde Chelsea. "Så sant. Vad sa Fader Moore då du talade med honom?"

Pastorn harklade sig. "Jo, en ganska så häpnadsväckande utsaga, om jag får säga så själv." Han drog ett djupt andetag och fortsatte sedan. "Denne man, James Carson..." Chelsea nickade och lyssnade intresserat. "Han kom att besöka Fader Moore vid ett flertal tillfällen under en kort tid. Fader Moore som då var nyexaminerad präst vill minnas att Carson biktade sig för honom."

Han avbröt sig åter för att harkla sig. "Förkylningstider" ursäktade han sig och log. "Det var besynnerliga bekännelser som Carson delade med sig under dessa bikter."

"På vilket sätt var de besynnerliga?"

"Jo, ni förstår, Carson talade, eller som Fader Moore sa, svamlade om hur han omöjligen kunde stå till svars för sina handlingar då det var rösterna som beordrat honom."

"Vilka röster?"

"Fader Moore var aldrig säker" sa McRae och ryckte på axlarna. "Carson ska ha uppträtt i en form av att vara instabil. Mentalt instabil. Under vissa bikter ska Fader Moore inte ha kunnat följa med i det som Carson talat om. Han ska ha talat om spöken, voodoo och stulna skatter." Han skakade på huvudet. "Som Fader Moore igår sa, Carson var djupt sjuk och när det uppdagades att han kunde ha mördat tre unga flickor var Fader Moore inte främmande för tanken att det så väl kunnat vara så."

"Jag förstår" sa Chelsea.

"Det var väl först när Carson valde att hänga sig som Fader Moore kände sig säker på sina misstankar gentemot honom."

Chelsea nickade. Det bekräftade vad Rose Brown tidigare berättat. Hur James Carson under den sista tiden förändrats. Hon drog en suck och log mot Pastorn.

"Sa Fader Moore möjligtvis något om var James Carson levde? Något om ett Borgmästargods eller liknande?"

McRae skakade på huvudet. "Nej, något sådant talade vi aldrig om. Du måste förstå att Fader Moore är mycket svag, den lilla information han gav mig är den jag berättat för er nu."

Chelsea log och nickade förstående.

"Men han bad mig överlämna denna" fortsatte McRae och räckte över en sliten bok.

Chelsea mottog den, såg på boken och sedan undrande på McRae. "Vad är det?"

"Jag vet faktiskt inte" svarade han och reste sig upp. "Men Fader Moore bad mig överlämna den. Han sa att den innebar stora problem och att han själv aldrig kunnat läsa färdigt den."

Chelsea såg ner på boken i sin hand. Stora problem? tänkte hon. Vad menar han med det?

"Om ni ursäktar, Inspektör Summers, så behöver jag förbereda Gudstjänsten."

Chelsea reste sig, tog åter Pastor McRaes hand och tackade för besväret.

"Det är i kyrkans tjänst" svarade McRae. "Lycka till nu."

Medan Chelsea vandrade ut i solens varma strålar släppte hon inte blicken från boken som vilade i hennes hand. Varför ville Fader Moore att hon skulle ha den? Och vad var det för stort problem som vilade hos den? Hon skakade på huvudet och blickade ut över parken framför kyrkan. Den mörka känslan som vilade över henne kändes än mer påtaglig.

Det handlar om något hemskt, tänkte hon medan den kalla kåren spred sig längst ryggraden. Något mycket, mycket hemskt.

~TJUGOSJU~

KOMMISSARIE JOHN Lucas Jr klev med stapplande steg in genom pardörrarna på Rosendal Hill. Kvällens dunkel hade lagt sig över omgivningen och ännu hade man inte sett några spår efter den försvunna Rebecca Richards. Han kämpade sig upp för den stora trappan till övervåningen, vidare in i sovrummet och satt sig på sängkanten.

Vart fanns hon? tänkte han medan han mödosamt fick av sig manchesterbyxorna. Han var så trött att han såg dubbelt. Nära två dygn hade passerat sedan han senast sov. Konstaplarna nere på stationen och Kommissarie Huckle, som nu ledde insatsen, hade fått honom införstådd med att han inte bidrog till sökandet om han inte var utvilad.

De har nog rätt, tänkte han och lade sig under täcket. Han ville inte tänka på alla de hemskheter som Rebecca kunde ha råkat ut för. Han fokuserade på det som Billy sagt, att det inte ingick fyra mord i historien. Kanske var Rebecca bara på resande fot och glömt bort att förtälja det? Nej, han trodde inte på det själv men var tvungen att intala sig det för att orka hålla hoppet uppe.

Medan den mörkaste av dimmor drog in över Mill Lake föll Kommissarien i djup sömn.

INSPEKTÖR BILLY Henderson sov redan. Snarkandes låg han intill Inspektör Chelsea Summers. Chelsea å andra sidan sov

132

inte. Hon reflekterade över besöket hos Pastor McRae. Försiktigt reste hon sig och drog täcket åt sidan. Billy snarkade till och vred sig på sin sida. Lika försiktigt steg hon ner på golvet och tassade ut i köket. I trosor och en uppknäppt skjorta satt hon sedan vid bordet och stirrade på den slitna gamla boken.

Vad är så speciellt med den? Hon tog den i sin hand, vände på den, studerade den noga. Ett gammalt fotografi ramlade ur den och landade på bordsskivan. Chelsea lade ifrån sig boken och lyfte upp fotografiet. En man och en kvinna. Chelsea såg noggrannare på det svartvita fotografiet och insåg att det måste föreställa ett bröllopsfoto. Men vilka var det?

Hon tog åter upp boken, slog upp den första sidan och började läsa.

En dagbok, tänkte hon. Men vems?

16 augusti 1845
Benedict säger att Elise finns inom räckhåll. Jag å min sida känner av sjösjukan och hoppas att han denna gång visar sig ha rätt. Jag hoppas vi finner Elise innan sjukdomen tar mig. Jules försöker muntra upp mig men jag kan se i hans ögon att han också gett upp hopp.

Vem är Elise? Chelsea reste sig och fyllde ett glas med den skvätt av det vita vinet som stod på kylning i kylen. Vid bordet fuktade hon läpparna med en klunk innan hon fortsatte sin läsning.

19 augusti 1845
Idag fann vi Elise. Hon låg intill stranden, i närheten av där sagan sa att hon kapsejsat. Jules fann sedan den skatt som utlovats. Benedict talar om rikedomar, jag är glad för deras skull. Men skakningarna blir än värre och händerna än sämre.

Kapsejsat? Är Elise ett skepp? Chelsea smuttade åter på vinet. Handlar det om en skattjakt? Hon skakade på huvudet. Vem är det som skriver och vad är det för sjukdom personen talar om?

133

Vidare kunde hon läsa.

15 oktober 1945
Åter i Haven. Elises skatt har förvandlat Benedict och Jules till
bittra fiender. Den håller dem i ett kallt grepp. Jules tror
Benedict kommer att begå något hemskt.

Haven? tänkte Chelsea. Det är ju här. Vad är det för skatt de
hittade egentligen?

När hon sedan läste vidare märkte hon hur författarens
handstil blev allt sämre. Var det sjukdomen måntro? Vissa ord
kunde Chelsea inte tyda. Några sidor senare chockerades hon av
vad hon kunde utläsa.

19 januari 1946
Jules är död. Jag vet att Benedict höll i geväret. Han bygger i
detta nu sitt nya hem för Elises skatt. Den skatten var vår allas.
Jag kommer att utkräva min hämnd. Sanna mina ord. Må din
pengatörst bliva blodstörst. Må det blodet bli ditt arv, Benedict.
~ Ester Rosendal

Rosendal? Som i Rosendal Hill? Chelsea drack ur det sista ur
glaset och reste sig. En stund senare var hon fullt påklädd och
med boken under armen vandrade hon ut i nattens dunkel. Hon
tog sin cykel och ilade iväg längst gatan, svängde vid en
tvärgata och stannade till vid ett av lägenhetshusen. Hon
knackade på fönsterrutan till en av bottenvåningens lägenheter.
Efter en stund drogs gardinerna åt sidan och en nyvaken kvinna
såg på henne.

"Chelsea?" sa kvinnan då hon öppnat fönstret. "Vad gör du
här? Vid denna tidpunkt? Har något hänt?"

"Ja det kan man säga men jag kan inget berätta" svarade
Chelsea. "Kan du öppna biblioteket?"

Rita, som var stadens bibliotekarie funderade kort men
svarade sedan gäspande. "Ja, det kan jag väl göra. Men du blir
skyldig mig en gentjänst."

"Nämn en konstapel och jag ska lägga in ett gott ord för dig" log Chelsea. Hon väntade sedan medan Rita fick på sig kläder.

"Det betyder verkligen mycket" försäkrade Chelsea när Rita kom ut ur huvudporten och de tillsammans gav sig iväg mot biblioteket.

"Vart har du Billy då?" frågade Rita medan hon låste upp den stora porten.

"Jag antar att han sover."

Jaså, tänkte Rita. Du antar? Hon var förstås väl medveten om det som resten av staden skvallrade om. Inspektörerna Romeo och Juliette, log hon. "Så, vad är det vi söker?" undrade hon då de stod bland hyllorna inne på det väldiga biblioteket.

"Jag söker efter information om en kvinna, en Ester Rosendal. Hon ska ha bott här i Haven under 1846. Kanske tidigare och senare med."

"Rosendal" mumlade Rita och gick iväg. "Det namnet känner jag igen."

"Och ett skepp som hette Elise" ropade Chelsea efter henne.

En lång stund senare kom Rita tillbaka med en hög av böcker och dokument. Hon lade ner dem på bordet där Chelsea väntade. Chelsea dök direkt ner i böckerna medan Rita gick för att koka en kanna kaffe.

Elise var ett piratskepp från 1760-talet. Enligt J. Cartwright, författaren till Elises Skatt, kapsejsade hon med sin besättning utanför Mexicos kust 1767 och delar av skeppet flöt i land på en närliggande ö året därefter. Myter gjorde klart att skeppets skatt bar på en förbannelse, att den innehöll mer guldmynt en vad som var brukligt för en person. Kapten Valencia ska ha drabbats av storhetsvansinne och såg samtliga i sin besättning som giriga fiender som endast ville sno åt sig skatten. Hans förändrade beteende och misstänksamhet ska senare ha fått skeppet att kantra mitt ute på det Karibiska Havet, men omständigheterna var ännu okända.

Var det denna skatt som Rosendal hittade? funderade Chelsea då Rita placerade en varm kopp med kaffe framför henne.

"Hittar du något?" frågade Rita.

Chelsea nickade till svars och bläddrade sedan bland dokumenten.

"Hjälp mig hitta något om en Elsa Rosendal" beordrade Chelsea Rita och grävde sedan ner sig i dokumenten.

"Jag kanske har något" sa Rita efter en lång stund och räckte över ett dokument till Chelsea.

Benedict Rosendal? tänkte Chelsea. Återigen hängde den mörka känslan över henne. Medan hon läste vidare i dokumentet började pusselbitarna falla på plats.

Må din pengatörst bliva blodstörst.

~TJUGOÅTTA~

KOMMISSARIE JOHN Lucas Jr vaknade med ett ryck. Känslan av att vara iakttagen fick honom att andas kraftfullt. Hans instinkt stämde. I dunklet kunde han urskilja kvinnan. Den reumatiska kvinnan som uppenbarat sig så många gånger förr. Från övervåningen kunde han höra steg och ljud som han inte kunde urskilja. Han slöt sina ögon hårt, bad en stilla bön och öppnade åter ögonen. Kvinnan stod alltjämt kvar. Stirrandes på honom.

"Snälla" skrek han rakt ut. "Vad vill ni mig?"

Kvinnan fortsatte att stirra på honom. Utan att blinka. Hypnotiserad blick. Sedan vände hon sig och svävade sakta ut ur rummet. John, fast beslutsam att för en gångs skull gå till botten med de nattliga besöken, steg ur sängen och följde slaviskt efter den stela vålnaden. Medan han passerade dörren till vindsvåningen kunde han höra namnet Benedict väsas.

Vidare in i ett av övervåningens många rum. Framför honom uppenbarade sig nya vålnader. Flickan från hans första dröm och mannen som han tidigare sett hänga sig på övervåningen. Med tårar i ögonen såg han sedan på det skådespel som utspelade sig framför hans ögon.

I BIBLIOTEKET läste Inspektör Chelsea Summers om hur stadens Borgmästare Benedict Rosendal en natt ska ha hört en kvinna beordra honom att mörda sin familj. Motvilligt hade han stigit ur sängen, gått ner till köket och hämtat en kökskniv. När han åter kommit upp på övervåningen ska han ha börjat i sin yngsta dotters rum. Medan kniven skar igenom hennes buk ska han ha lagt sin hand mot hennes kind, tröstat henne och lovat att allt skulle komma att bli bra. När livet så väl lämnat hennes ögon lämnade han henne med uppskuren mage i en pöl av blod på golvet.

KOMMISSARIE JOHN Lucas Jr mådde dåligt av det han såg. Dotterns vålnad som i månens sken låg orörlig i sitt eget blod. I skenet mer svart än rött. Tårar rann nerför hans kinder medan han mötte Benedict Rosendals döda blick. Den reumatiska vålnaden lämnade rummet och så även John. Vidare ner i hallen där Benedicts vålnad redan stod och väntade. Nu uppenbarade sig den andra flickan ur hans dröm inne i det stora allrummet. Skrikandes slet hon upp pardörrarna till verandan och sprang i riktning mot Mill Lakes strand.

John följde kvinnan ner till stranden där ett andra skådespel ägde rum.

INSPEKTÖR CHELSEA Summers läste vidare hur Benedict jagade efter sin mellanfödda dotter ner till Mill Lakes strandkant. Väl där berättade dokumenten om hur Benedict släpade ut henne till vattnet medan hon bet, skrek och fäktade med armarna och han höll sedan hennes huvud under vågorna tills dess att hennes sprattlande upphörde. Han ska sen ha dragit upp henne på stranden och lämnat henne lutandes mot den gamla ekan.

Chelsea började nu förstå sambandet.

I ROSENDAL Hill var skådespelet inte över. När Kommissarie John Lucas Jr följ efter den svävande kvinnan till ranchens framsida såg han hur den tredje kvinnan uppenbarade sig. Återigen satte Benedicts vålnad efter henne.

INSPEKTÖR CHELSEA Summers skakade på huvudet medan hon läste om hur Benedict Rosendal hann ifatt sin äldsta dotter, virade en taggtråd runt hennes hals och sittandes på hennes rygg höll han taggtråden spänd till dess att dotterns spasmer upphörde.

"Jag måste hem" sa hon till Rita och rusade ut ur biblioteket till Ritas stora förvåning.

PÅ GÅRDEN på Rosendal Hill var skådespelet över. Vålnaderna bleknade sakta bort medan de första solstrålarna reste sig över trädtopparna runt Mill Lake. Andfådd och förskräckt såg han sig omkring på ranchen. Hade ett ljus nu gått upp för honom? Förstod han nu hur allt hängde samman?

Knäsvag och på stapplande ben tog han sig upp för trappan till den nedre altan, vidare in genom pardörrarna och fann sig själv stående i hallen. Såret i handen värkte åter och de bitmärken som under veckan läkt var nu öppna sår igen. Han stirrade på nycklarna som låg på sin vanliga plats på det lilla hallbordet.

De låg inte där den där morgonen efter det första mordet, tänkte han. Kunde det vara? En instinkt sa åt honom att åter stiga ut ur huset. Han följde den instinkten och fann sig själv stående intill bakluckan på sin vita Ford. Han drog ett djupt andetag och öppnade den sedan. Hjärtat stannade till i samma sekund som han såg de leriga stövlarna. Han vacklade, knäna svek honom och han föll på rumpan i gruset. Nu rann tårarna nerför hans kinder igen.

Det var stövlarna han letat efter innan han gav sig ut på fisketuren. Det var med största sannolikhet de stövlarna som skulle komma att passa de avtryck som var lämnade på Layla Stephens mordplats. Han lade huvudet i handflatorna och grät som ett barn. Var det så att han mördat de stackars kvinnorna? Var det inga drömmar utan rent av minnen? Som ett brev på posten föll den hemska tanken över honom.

Vad har jag gjort med Rebecca?

"VAKNA!" skrek Inspektör Chelsea Summers och fick Inspektör Billy Henderson att flyga ur sängen. Nyvaken och förvirrad stod han vid sängkanten.

"Vad är det med dig?" sa han ursinnigt. "Är du helt från vettet, kvinna?"

Chelsea brydde sig inte om hans tonläge utan bad honom att komma och sätta sig ner vid köksbordet. Han skakade på huvudet medan han slog sig ner mittemot henne.

"Vad är det som händer?"

Chelsea, även hon andfådd efter cykelturen hem, torkade svetten ur pannan. "Jag vet hur allt ligger till."

"Vad menar du? Var har du varit?"

"Jo" sa hon fortsatt andfådd. "I denna..." Hon pekade på Ester Rosendals dagbok.

"Vad är det med den?"

"Kvinnan som har skrivit den är Ester Rosendal..."

"Rosendal?" avbröt Billy henne. "Som i Rosendal Hill?"

"Ja" svarade hon. "Avbryt inte nu för vi har bråttom."

Billy skakade på huvudet och lyssnade sedan lyhört medan Chelsea berättade om Ester Rosendals dagbok. Hur de hittat Elises skatt utanför Mexikos kust. Hur storhetsvansinne sedan drabbade Benedict Rosendal som då sköt sin bror Jules Rosendal och hur Ester från ålderdomshemmet utlovade att hämnas sin makes död.

Billy försökte hänga med så gott han kunde. "Så hon svor en förbannelse?"

"Ja. Benedict blev sedan Borgmästare här i Haven under åren 1846 till 1850."

Hon fortsatte att berätta om hur Benedict, dagen efter att den reumatiskt sjuke Ester dött i sin säng, mördade sina döttrar.

"Mördade han dem?"

Chelsea nickade.

"Identiskt med de morden som skedde 1910 och de som vi nu utreder?"

Chelsea nickade på nytt.

"Jag förstår inte."

"Men..." suckade Chelsea. "Borgmästargodset, det som James Carson köpte strax innan han hängde sig på vindsvåningen." Billy nickade. "Det är samma vindsvåning där Benedict Rosendal hängde sig. Billy." Hon såg honom djupt in i ögonen. "Borgmästargodset är Rosendal Hill."

Billy skakade på huvudet och hans ögon kunde inte dölja skräcken. "Tror du?"

Chelsea nickade.

"Det finns en risk att John kan ha begått dessa mord."

Billy vägrade tro detta om sin älskade Kommissarie. Han drog ett djupt andetag och blåste sedan ur luften. "Men...?" stammade han men fick inte fram orden.

"Vi måste åka dit nu" insisterade Chelsea. "Klä dig."

Billy reste sig, gick in i sovrummet och klädde sig i hast.

"Chelsea."

"Ja."

"Var fanns Benedicts fru när detta skedde? Om det nu är hon som återberättat denna historia?"

"Benedict hade henne inlåst i källaren på Rosendal Hill. Hon dog senare av de skador hon fått då han knuffade henne nerför trappen."

I samma sekund såg de på varandra.

"Rebecca!" sa de i munnen på varandra.

~TJUGONIO~

KOMMISSARIE JOHN Lucas Jr. hade åter sällskap av den reumatiske vålnaden då han äntrade hallen till Rosendal Hill.Han stannade till vid dörren, drog ett djupt andetag och öppnade den sedan. Den unkna doften av källare mötte honom medan han tog det första steget ner i dunklet. Var det här hon fanns? Hade han sökt efter henne medan det hela tiden varit han som legat bakom hennes försvinnande?

Trappan knakade medan han steg för steg närmade sig det jordtrampade golvet.Fötterna nuddade det svala golvet medan han sökte sig allt längre in i den mörka delen av källaren. Ovanför huvudet löpte meter utav rostiga vattenrör. Hans ögon vande sig sakta vid mörkret medan han närmade sig den fuktiga och svala delen av källaren. I det nordvästra hörnet vilade husgaveln mot berget. Dagvatten rann längst berget och vidare ner i en dränering.

Han stannade upp. Hjärtat i halsgropen när han såg henne. Bakbunden med övertejpad mun. Var hon vid liv? Han böjde sig över henne.

"Rebecca?"

Han strök undan håret från hennes ansikte. Ögonen var stängda. Men han kunde se hennes bröstkorg röra sig. Nu kunde han inte längre bortse från det han gjort. Detta bevisade det som han befarat. Det var han som gjort alla dessa hemskheter. Varför skulle annars en försvunnen kvinna finnas bakbunden i hans källare?

Han lyfte försiktigt upp henne, gick tillbaka genom källaren, vidare upp för trappen och placerade henne försiktigt på soffan i allrummet. Jag kan inte få det ogjort nu, tänkte han medan han reste sig och gick mot köket för att hämta en kniv.

"Rebecca?" sa han återigen medan han lät kniven lossa repet runt hennes handleder.

Hon gav ifrån ett still gnyende och ögonen öppnade sig sakta. När de sedan var tillräckligt öppna för att hon skulle se vem som stod lutad över henne gav hon ifrån sig ett skrik under tejpen, slog vilt mot John som fick knytnävsslaget över näsan. Medan han vacklade bakåt reste hon sig ur soffan men föll framåt då även benen var surrade med rep.

John försökte resa sig men vacklade återigen bakåt och slutligen satt han bara ner på golvet medan näsblodet droppade ner på hans gråa nattskjorta.

"Rebecca" stammade han och såg mot henne. "Snälla."

Rebecca sträckte sig efter kniven, fick den i sin hand och vände sig sittandes mot John. Hon slet bort tejpen från munnen och riktade kniven mot honom.

"Stanna där" skrek hon. "Du rör inte mig!"

Johns näsblod blandades med tårarna och han suckade medan han skakade på huvudet.

"Du förstår inte" försökte han. "Det är inte jag som..."

"Håll tyst" skrek hon medan hon drog kniven genom repet runt fotlederna.

John såg henne sedan resa sig upp och springa mot de öppna pardörrarna. Vålnaden stod återigen intill honom. Han såg upp på det själslösa monstret och skakade på huvudet. Han brydde sig inte längre. Hans liv var över. Det blev ingen pension. Inga drömmar. Ingenting. Bara mardrömmar. Vålnader. Mord och hemskheter.

"Benedict..." hörde han vålnaden väsa.

"Bränn det... bränn det..." ekade mellan väggarna.

Han reste sig upp. Bränn det? Han såg sig omkring.

"Bränn det..." fortsatte ekandet medan han gick mot pardörrarna. När han stannade till på verandan kunde han se

143

Rebecca liggandes i gräset en bit bort. Hon höll fortfarande kniven i sin hand och han kunde höra hennes gråt.

"Förlåt mig" viskade han medan tårarna nu föll ner. "Förlåt mig."

Han vände sig om och mötte den reumatiske vålnadens blick bara centremetrar ifrån sig. Hon stirrade honom djupt in i ögonen och öppnade sedan munhålan.

"Må din pengatörst bliva blodstörst. Må det blodet bli ditt arv."

Han spärrade upp ögonen och såg med rädsla på vålnaden.

"Bränn det... Rädda oss... Bränn det..." fortsatte de andra vålnadernas röster att eka inifrån.

Han gick tillbaka in i huset, vidare in i allrummet och fram till den stora öppna eldstaden. Väl där tog han tag i eldgaffeln, slet åt sig en närliggande duk och virade den runt gaffeln. Han tog tändsticksasken och skakade på huvudet, såg sedan på vålnaden innan han satte eld på duken. Frustretat och ilsket höll han gaffeln framför sig.

"Är detta vad ni vill?" skrek han. "Är detta vad ni vill?"

Han såg med onda ögon på vålnaden innan han lät eldfacklan tända eld på bokhyllan. Han vandrade sedan från rum till rum, skrikandes åt vålnaderna medan han tände eld på allt som kom i hans närhet. Slutligen kastade han facklan på golvet i hallen och sprang uppför trappan till övervåningen, slet upp dörren till vindsvåningen. Medan röken steg mot dess tak stod han i fönstret och såg med sorgsna ögon på Rebecca som ålade sig fram i gräset.

"Snälla, förlåt mig" viskade han. "Jag älskar dig."

INSPEKTÖR BILLY Henderson rattade sin Buick medan han höll gasen i botten. Bredvid honom satt Inspektör Chelsea Summers med knäppta händer och för första gången hörde Billy henne faktiskt be en bön. Kan behövas i dessa tider, tänkte han och svängde in på den sista avfarten innan Rosendal Hill tornade upp sig under den blodröda himlen.

"Titta" sa Chelsea och pekade mot skyn framför dem. "Rök."

Billy såg häpet på den svarta röken som steg mot himlen och dolde morgonsolens strålar.

"Det måste vara John" fortsatte Chelsea. "Han måste ha insett."

När de svängde in i björkallén såg de det övertända huset. Fönsterrutor krossades medan elden lekte sig upp över träfasaden.

"Herregud" utbrast Billy.

"Där" pekade Chelsea medan de nådde tomten på framsidan. "Där är Rebecca."

Billy stampade på bromsen och lät hjulen låsa sig så gruset dånade under däcken. De kastade sig ur bilen och sprang över gruset.

"Jag hämtar John" skrek Billy och sprang mot huset.

"Nej" skrek Chelsea tillbaka som var på väg mot Rebeccas håll. "Billy, det är för farligt!"

Chelsea var framme hos Rebecca och föll till knä framför henne.

"Rebecca" sa hon försiktigt medan Rebecca viftade mot henne med kniven. "Det är jag, Chelsea." Hon tog tag om den hand som Rebecca höll kniven i och fick henne att lugna ner sig. "Du är säker nu. Vi är här. Allt kommer bli bra."

Rebecca lät kniven falla till marken och borrade in sig i Chelseas öppna famn. Chelsea kramade henne hårt och viskade lugnande ord i hennes öra. Sedan vände hon sig om och såg efter Billy.

"Billy. Det är för farligt. Vi kom försent!"

Billy stod några meter från verandan. Handlingsförlamat såg han på det eldhärjade huset medan reglar och takdelar regnade ner runtom honom. Han skakade frustrerat på huvudet och backade bakåt då värmen sved mot huden.

"Helvete" skrek han rakt ut i luften och backade ytterligare då större delar började ge vika.

"Billy" skrek Chelsea igen. "Kom hit!"

Billy gav upp sitt räddningsförsök och backade tills han var framme hos de andra. Tillsammans såg de på medan bit för bit av huset fattade eld. Chelsea sittandes på det fuktiga gräset med

Rebecca i famnen och Billy stående med händerna nerborrade i det flottiga håret.

I fönstret på vindsvåningen kunde de se hur John stod och såg ner på dem. Bredvid honom stod Benedict Rosendal tillsammans med sina döttrar. Även den reumatiske Ester Rosendal blickade ut på dem från fönstret.

Samtliga tre slöt sina ögon då de hörde de sista skriken från John innan övervåningens fönster tillslut exploderade utav värmen och öppna lågor slog ut likt en eldsprutande drake.

Det var sista gången de såg Kommissarie John Lucas Jr.

~TRETTIO~

GRAVSTENEN VAR enkel men ändå elegant. Inspektörerna hade själva valt den. Pastor McRae höll en stillsam minnesceremoni. De få kvarlevor som fanns kvar efter Kommissarie John Lucas Jr bland alla annan aska hade knappt räckt till en mindre urna. Men Inspektörerna var glada över att ens ha fått ihop det.

Inspektör Chelsea Summers var återigen klädd i sin svarta begravningsklänning, den samma som hon haft vid Julie Laws begravning. Inspektör Billy Henderson var klädd i svart kostym och hatt. Han stod tyst och höll i det paraply som skyddade dem från det värsta regnet.

Rebecca Richards stod intill dem, även hon under ett paraply. Ceremonin var enkel och korfattad. Vad fanns där egentligen att säga? John hade trots allt mördat tre oskyldiga kvinnor. Visserligen skedde detta i ett tillstånd av omedvetenhet men ändock.

Efter ceremonin samlades de alla nere på stationen. Med rykande kaffe och med sorgsna ögon satt de runt konferensbordet. En efter en droppade sedan sällskapet av och slutligen var där bara Chelsea, Billy och Rebecca kvar.

"Jag kan inte förstå det" sa Rebecca lågmält.

Billy skakade ointresserat på huvudet.

"Inte vi heller" instämde Chelsea. "Han var en så god man."

Rebecca nickade och fingrade på koppen. "Det var i alla fall många sörjande."

Billy och Chelsea såg på varandra och nickade sedan i takt.

"Jag trodde inte det skulle vara det" fortsatte Rebecca. "Ni vet, med tanke på."

Chelsea log. "Det beror på att det bara är vi tre som vet om det."

Rebecca såg med förvånad blick på dem.

"Vi tyckte det var bäst att staden får minnas sin Kommissarie för den han var innan detta hände." Han log han med. "Det är så jag kommer att försöka minnas honom."

Rebecca förstod. Det var så hon ville minnas John med. Som den varmhjärtade människan som serverade henne med vin ute på altanen medan doften från Mill Lake svepte in över dem. Det var en sådan perfekt kväll. En sådan som hon aldrig vågat drömma om och som hon nu var lycklig över att hon fick uppleva.

"Råkar ni inte i någon form av knipa för det?"

Billy skakade åter på huvudet.

"Nej" svarade Chelsea. "Det enda som händer är att tre mord aldrig blir officiellt uppklarade. Samt ett försvinnande där vi för övrigt meddelat att du endast besökte en avlägsen släkting innan du åkte hem till Kommissarien. När du väl kom till Rosendal Hill stod det redan i lågor och du gjorde allt i din makt för att rädda Kommissarien."

Rebecca såg på dem, funderade en stund och log sedan. "Det kan jag leva med."

ASKAN VEN i vinden. Den tidigare så fridfulla platsen lämnade nu bara ett mörker omkring sig. Istället för den lyckliga sagan där en pension skulle avnjutas på det fridfullaste sättet berättades istället en saga om död och sorg. Det fanns ingenting kvar av den tidigare så ståtliga Rosendal Hill. Mitt på den grusiga uppfarten intill högen med bråte stod Kommissarie John Lucas Jrs vita Ford.

Solen gjorde några tappra försök att bryta igenom den grådisiga himlen. Nere vid den gamla ekan vid Mill Lakes strandkant stod Inspektör Chelsea Summers och blickade ut över vattnets blanka yta.

"Att en så vacker plats kunde dölja en sådan mörk hemlighet" sa hon.

Inspektör Billy Henderson kastade macka med några stenar. Varje ring som bildades på den blanka ytan påminde dem om hur fort något som en så liten dröm kunde eskalera in till något mycket större.

"Tror du gamla Ester Rosendal äntligen funnit frid?"

Chelsea funderade en stund. "Jag antar det. Jag menar, honsvor endast att utkräva hämnd för sin makes död men sen lät hon Benedicts arv bli blodsspill då huset var en del av skatten som fick hennes man mördad."

Billy nickade.

"Nu när Rosendal Hill tillhör det förflutna borde även Ester Rosendal göra detsamma."

"Jag har aldrig trott på det övernaturliga" fortsatte han. "Jag har fortfarande svårt att förstå det." Han kastade den sista stenen och såg efter den medan den hoppade över ytan. "En sak förstår jag verkligen inte."

Chelsea tog hans hand medan de båda satte sig på ekans skrov.

"Den här skatten" sa han. "Det måste ha vilat en förbannelse över den redan när Kapten Valencia fick den ombord på Elise?"

Chelsea nickade. "Jag antar det."

"Var fann de skatten från första början?"

Chelsea hade inget svar på det. Och egentligen hade hon ingen lust att i nuläget gräva ner sig i det äventyret. "Jag vet inte. Kanske att vi en dag kan ta reda på det" log hon och höll hans hand än hårdare. "Men inte idag."

Billy log och drog en suck.

"Du vet" sa han medan solen försvann bakom träden och färgade Mill Lake röd. "Även om Junior brände ner Rosendal Hill för att det var betalt med Elises Skatt så betyder det inte att skatten är borta."

Chelsea såg med uppspärrade ögon på den röda ytan. Det hade Billy rätt i. Skatten betalade endast för Rosendal Hill och överfördes till en annan ägare. Den mörka känslan kom än en gång över henne. Kanske var de tvungna att ge sig in i det där äventyret snarare än hon tänkt sig. En kall kår spred sig längst ryggraden.

"Det finns någon annan där ute som nu bär förbannelsen av Elises Skatt."